ぬいぐるみ警部の帰還

西澤保彦

殺人現場にぽつんと遺されたぬいぐるみ。そのぬいぐるみは，いったい何を語る？イケメン警部・音無美紀の密かな楽しみは，ぬいぐるみを愛でること。遺されたぬいぐるみから優れた洞察力で，事件解決の手がかりを発見する——。そして，男勝りの言動の一方で音無にぞっこんの則竹女史。さらに実はミステリおたくの江角刑事や，若手の桂島刑事など，個性派キャラクターが脇を固める連作短編集。「お弁当ぐるぐる」（『赤い糸の呻き』所収）で初登場した，音無&則竹コンビが遭遇した不可能犯罪の数々。〈ぬいぐるみ警部〉シリーズ，記念すべき文庫化。

ぬいぐるみ警部の帰還

西　澤　保　彦

創元推理文庫

THE CHIEF INSPECTOR LOVES RAG DOLLS

by

Yasuhiko Nishizawa

2013

目次

ぬいぐるみ警部の帰還

ウサギの寝床

「被害者の名前はシズガミ美寿々《みすず》。苗字は、清らかの清に飲む水、上下の上と書いて、シズガミと読むんだそうです」

桂島《かつらじま》刑事は手帳を見ながら、メガネを直した。几帳面な性格を窺わせる学究肌的な風貌は、殺人事件の現場などよりも大学の研究室のほうが似合いそうである。

「美寿々は二十一歳。この家の世帯主である清水上慶次《よしつぐ》の、ひとり娘だとか」

「清水上美寿々、ね。なんだか、うーん、くどくないか、少し。字面も、響きも」

桂島の手もとを覗き込んだ江角《えすみ》刑事は、しかつめらしい表情で自分の顎を撫でた。小柄で、頭には白いものが交じっている。若手の桂島の父親の世代に近い叩き上げのベテランは一見、気難しげな職人肌ふうだ。あくまでも一見、であるが。

「は？　と、いいますと」

「いや、ほら、苗字も漢字三文字、下の名前も三文字だろ。加えて、シズガミ、ミスズ、って、ミが重なっていて、なんだか早口言葉みたいな」

「そうかなあ。さほどめずらしくないというか、ぼくはあまり違和感、ないですけど」

「ん。まてよ、そういえば、シズガミって名前、どうもどこかで見たか聞いたかしたことがあるような気が」

「江角さんも、きっと食べたこと、あるんじゃないかな、甘いものがお好きだから。ほら、〈アクアピュア〉ですよ、カフェとかもやってる」

「あ、そうか。洋菓子の〈シズタ〉の」

〈アクアピュア・グループ〉は地元では立志伝中の人物、清水上太一《たいち》が創業した洋菓子店〈シズタ〉を母体として急成長し、いまや八百を超えるチェーン店を全国展開する業界最大手である。太一から経営を引き継いだ二代目、庄太《しょうた》はさらに自社商品を提供するカフェを開業、これまた全国展開に成功したのを機に同族企業グループ名も、カフェと同じ〈アクアピュア〉に改めた。

「たしか先代はもう死去していますが、グループの飛ぶ鳥を落とす勢いは衰えず、最近ではリゾートホテル経営にも進出している。もちろんそこのレストランではしっかりと〈シズタ〉の洋菓子が提供されているとか」

「なかなかのもんだな。すると、この家の主《あるじ》の慶次、というのは——」

「先代の次男だそうです。ちなみに〈アクアピュア〉の関連企業って十社以上あるらしいんですが、そのすべての取締役を、兄弟ふたりで分け合って、それぞれで兼務してるって話ですよ」

「その慶次のひとり娘が、こんなかたちで殺害されたとなると、なにやらめんどうなお家事情が背景にありそうな、嫌な予感が。なんていうと、不謹慎《ふきんしん》だが」江角は屈託の籠《こ》もった溜息をついた。「年齢は二十一歳、ということは彼女、学生だったのか?」

「いいえ、いわゆるフリーターで、市内のフラワーショップでバイトをしていたとか」

「まあ、大富豪のご令愛で、こんな立派な豪邸に両親といっしょに住んでいたんだ」江角は腕組みして、書斎の高い天井をぐるりと眺め回した。「定職に就いていなくても、別に困らなかっただろうが」

つと落とした江角の視線の先に、若い娘の遺体があった。清水上美寿々だ。全裸姿で床に横臥《おう》《が》している。生前はさぞや張りと色艶に富んでいただろうと思われる肌が、いまは痛々しい。贅肉のあまりない、アスリートのような引き締まった身体つき。その首に、扼殺《やくさつ》された痕跡とおぼしき赤黒い痣《あざ》ができている。

「しかし人生、まだまだこれから、というときに、なあ。ほんと、親の気持ちを思うと、たまらんよ」

「死後、五、六時間といったところでしょうかね。死斑《しはん》と硬直の具合からしても」

膝立ちの姿勢で遺体の眼を覗き込んでいた鑑識課員が、そう言って立ち上がった。手に持った体温計を一瞥《いちべつ》し、頷いてみせる。

「すると、未明の三時か四時くらいに殺された、と……しかし」

江角は再び室内をぐるりと見回した。床から天井までの高さで奥の壁一面を占める造り付けの書棚や、応接セットの横に飾られた百号サイズの油絵など、重厚な内装である。書棚の前に鎮座するアンティークっぽい書物机は、卓上に大のおとなが余裕で寝そべられそうなサイズ。ゆったりした背凭《せもた》れの肘掛け椅子が書棚のほうへ、めいっぱい引かれている。そこから机の下を覗いてみると、子供が軽く三、四人は潜り込めそうな薄暗い空間は三方が塞《ふさ》がれており、隠れんぼにちょうどよさそうだ。

「なんだってまた、この部屋で、なんだろうな。しかも、素っ裸で」

書物机と肘掛け椅子のあいだのカーペットに、卓上スタンドが横倒しになっている。電灯が点《つ》きっぱなしだ。床に這いつくばって、しばらくその光を眼を細めて凝視していた江角は、やがて首を傾《かし》げながら立ち上がった。顔を上げると、今度は天井の照明の光が眼を射す。

「明かりはずっと点きっぱなしだったのか、天井も、それから、床に転がっている卓上スタンドも？」

「どうもそのようですね。あとで第一発見者に確認をとってみますが」

「ここは、被害者の父親の書斎だという話だったよな、たしか」

「ええ。だから、やはりポイントはずばり、それ、なんじゃないでしょうか」

桂島はまず清水上美寿々の遺体を指さし、そして彼女のがくりと斜めに垂れた頭部の先にある物体に向け、顎をしゃくった。

部屋の隅っこに置かれた金庫だ。江角の身長とほぼ同サイズで、かなりの年代物と見受けられる。その観音開きの扉は両方とも、被害者の遺体をあいだに挟み込むようなかたちで開いているが、内部は空《から》っぽ。なにも入っていない。

「被害者の身体の下に、こんなものが落ちていました」

桂島が江角に手渡したのは、一枚のメモ用紙だ。ボールペンで、漢字と数字の組み合わせが記されている。

「右、8、左、3、右、4……これは」

「多分、ダイヤル番号でしょうね、この金庫の」と桂島は書物机に置かれているメモパッドを手に取り、いちばん上の用紙の表面を白い手袋を嵌《は》めた指の腹でなぞった。「それとまったく同じ内容の筆圧の痕跡が、ここにはっきりと見てとれる。おそらく犯人に脅されて、被害者が書いたのでしょう。以上の状況から類推される事件の経過は――」と桂島は作業中の鑑識課員たちに背を向け、書斎を出た。江角もそれに続く。

廊下へ出るとホームエレベータがある。ここでも鑑識課員たちが作業中だ。桂島と江角は階段を使い、書斎のある二階から、三階へと上がった。

廊下の奥、ドアが開いたままになっている部屋へふたりは入った。まず目につくのは、作業中の鑑識課員を除けば、大きなダブルベッドだ。ブランケットが乱暴にめくられ、シーツはよじれ切っている。床には女ものの服や下着が点々と放り出されている。

部屋の隅のゴミ箱を江角は覗き込んだ。いかにも無造作に投げ込んだとおぼしき態《てい》でそこに入っているのは使用済みの避妊具だ。

「いかにも肉弾戦の跡、って感じだな」

「被害者の清水上美寿々は家族の留守をいいことに、誰なのかまだ判りませんが、男をこの部屋へ連れ込んだ。ことが終わった後、男は彼女に、二階の父親の書斎へ案内させる。全裸のまま移動させたのは多分、羞恥心を煽《あお》って、美寿々がそう容易には逃げ出せないようにするためでしょう。このことからも、彼女が金庫のダイヤル番号を教えたのは、決して合意の上ではなく、強制されてやむを得ずだったと知れる」

「すると、書斎の書物机の卓上スタンドがカーペットに転がっていたのは——」

「なんとか抵抗を試みた被害者と犯人が揉み合いになり、どちらかの身体が当たった拍子に床に落下したのでは？　しかし抵抗も虚《むな》しく美寿々は殺され、男はメモに書かれたダイヤル番号で金庫を開け、中味を根こそぎ奪って立ち去——」

「それはちがうだろ、順序が」

「え？」

「遺体の位置を憶《おも》い出してみろ。扉のあいだに倒れていただろ。あの状態のままで金庫を開けようとしたら、一方の扉が遺体に引っかかってしまう。つまり——」

「あ、そうか。犯人はまず金庫を開けておいてから被害者を殺害した、と。そういう順序になるわけか」

「そんなふうに見えるんだが、しかし仮にそういう経緯だったとしても、遺体の位置がおかしくないか。書棚側から見て、メモパッドが置かれていたのは書物机の左手。卓上スタンドが転がっていたのも、どちらかといえば左寄りだ。が、金庫は書物机の右手、しかもかなり奥まった、部屋の隅っこに在る。美寿々の遺体はその金庫のすぐ前だ。抵抗を試みて殺害されたにしては、その際に転がった卓上スタンドと金庫の位置は少し離れすぎじゃないか」

「ではこういうことじゃないでしょうか。美寿々は素直にメモ用紙にダイヤル番号を書き、命令に従うふりをしていた。が、犯人が金庫を開ける際、隙を衝いて逃げようとする。そうはさせまいと追いかけてきた犯人と揉み合いになった拍子に、どちらかの身体が卓上スタンドに当たり、倒してしまった、と」

「そして彼女は、再び金庫の前まで引きずってゆかれた挙げ句に扼殺された、と?」

「これなら順序的な矛盾はないかな、と」

「しかしそれだと、美寿々が犯人の手から逃れようと試みた時点で、金庫はまだ開いていなかった、という理屈になりかねないぞ。そうだろ。犯人の隙を衝くというなら、どう考えたって、ダイヤルを回す作業に集中しているタイミングだ。逃げるのを諦めていたのなら話は別だが、そのつもりがあったのなら、金庫が開くまで待つなんてばかげてる」

「判りませんよそれは。犯人がダイヤルを回している段階で彼女は、逃げても仕方がないと諦めていたかもしれない。しかし、扉を開けた犯人が金庫の中味の吟味に夢中になっているのに気づき、とっさにこの隙に逃げようとしたのかもしれない。そうでしょ」

「なるほど、そういう可能性もあるのかもしれんが……うーん、どうも釈然《しゃくぜん》とせんな。そもそも事前に被害者と情交している以上、強盗殺人は計画的ではなく、衝動的な犯行だったように思える。が、仮に衝動的に凶行に及んだにしても、自分の体液入りの避妊具なんていう決定的な証拠は持ち去りそうなものだが。それともよっぽど慌てていたのか?」

「まさか自分が殺人を犯すことになろうとは夢にも思っていなかったため、パニック状態に陥っていた、というのはあり得るかも。まあ、いろいろ細かい詰めはこれからとして、大筋ではだいたい、突発的な強盗殺人という線なんじゃないかとは思いますが」

「うむ。改めて第一発見者の話を聞いてみるか……ん」踵《きびす》を返しかけて江角は、前屈みになり、ダブルベッドを覗き込んだ。「なんだこれは」

桂島も江角の視線を追った。八の字を描くように乱雑に並んだふたつの枕、その中間あたりに、なにやら黄色くて、丸っこいものが転がっている。

白い手袋を嵌めた手で、桂島はそれを持ち上げてみた。ちょこんと掌《てのひら》に載るサイズの、小さなウサギのぬいぐるみだ。マンガ的にデフォルメされた、ぴんと立った長い耳、そして愛敬のある顔。大袈裟にウインクした眼もとに丸い手を当て、赤い舌を出している。あっかんベーだ、とでも言いたげに。

「なんともまあ、可愛らしいというか、ひとを喰ったようなやつだのう」

江角は枕元の飾り棚を見やった。CDプレーヤー内蔵のデジタル時計や卓上カレンダーなどが置かれているが、他にぬいぐるみや人形の類《たぐ》いは見当たらない。

「被害者のものか」

「多分。発見時から、このベッドの上にあったようですし」

「時計の横にでも置いてあったのが、男女の営みの激しい振動で、こうしてベッドの上へ転げ落ちてきた、ってところか」

「でしょうね」

桂島はその掌乗《ての》りサイズのウサギのぬいぐるみをふたつの枕の間へ戻し、今度は先に部屋を出てゆく江角の後を追った。

ふたりは廊下へ出て、ホームエレベータの前を通り過ぎる。　階段を使い、今度は一階まで降りてゆく。

「豪華なもんだ。エレベータのある個人住宅って、恥ずかしながら、おれ、初めてだよ。しかし、たかだか三階建ての家に、こんなもの、ほんとに必要あるのかね」

これは後から判ることだが、清水上慶次は父親が死去した後、年老いた母親と一時期、同居していたという。ホームエレベータは自宅を新築する際、足腰の弱った母親を引き取るという前提で設置したものだった。その母親も現在は要介護度が進んだため、特別養護老人ホームに入所しているらしい。

清水上家は三階に、かつてその慶次の母親が使っていた部屋や美寿々の部屋が、二階に慶次の書斎、慶次夫婦の寝室やダイニングがある。慶次夫婦と美寿々の三人暮らしだったため、三階と二階には使われていない空き部屋も幾つかあるようだ。そして一階には主に客間とリビング。

そのリビングの大きなソファに、四十前後とおぼしき女性が座っていた。いまにも腰が床のカーペットへずり落ちてゆきそうなほど背凭れに寄りかかり、陰気な眼つきで天井を睨み上げている。それがどこかしら、教師に居残りを命じられて不貞腐《ふてくさ》れている女子生徒のような幼さと我の強さを漂わせる。清水上慶次の妹、門真《かどま》泰子《やすこ》だ。気配を感じたのか、泰子は姿勢はほぼそのままで顎を引き、江角と桂島のほうへ眼を向けてきた。

彼女に会釈《えしやく》しようとして江角は、ふと足を止めた。泰子の斜め後ろの暖炉。その前に、スーツ姿の若い男が佇《たたず》んでいる。

「……桂島」江角はひそひそ、同僚の耳もとで囁《ささや》いた。「おれの見まちがいじゃないとは思うんだが、あそこにいらっしゃるのは、このほどうちに新しく配属されてきたばかりの警部殿、だよな」

「はい」と桂島も囁き返す。「ぼくの見まちがいでもないです。あれは音無《おとなし》警部です」

音無美紀《よしき》。警察大学を経て警部補を一年務めた後、警部に昇進したばかりだ。まだ二十代後半のばりばりのキャリアであるということくらいしか、江角も桂島も彼に関しては知らない。同じ班で本格的に事件の捜査に携わるのもこれが初めてだ。が、その事情を割り引いても、ふたりとも音無を上司として、いや、それ以前に一《いち》警察官として、なかなか認識しきれないでいる。

その最大の原因はなんといっても音無の並外れた美貌だ。単に眉目秀麗《びもくしゅうれい》なだけでなく、たとえどんな修羅場であれその眼差《まなざ》しは決して涼しげな煌《きらめ》きを失わないのではないかと思わせる泰然自若《たいぜんじじゃく》とした物腰は、もはや人間離れしていると評してもあながち大袈裟ではない。彼がただ佇んでいるだけで、そこには光彩陸離《こうさいりくり》たる空間が現出する。

「何度見ても職業をまちがえているとしか思えんのだが、まあそれはいいとして、あそこでなにをなさっているんだ、警部は？」

音無は暖炉の前で腕組みして、なにかをじっと見つめているようだ。最初は暖炉をかとも思われたのだが、どうやらその横のキャビネットらしい。写真立てやオルゴールなどが並べられている。

「お、そうか」江角は声をひそめたまま、ぽんと手を打ち、眼を輝かせた。「なるほど、なるほどなるほど。おい、桂島。おれは予感がしたぞ、びびっと」

「は」ぼくはぼくで、なんだか嫌な予感がするんですけど、という言葉を桂島は呑み込んだ。

「な、なんですか。なんの予感です」

「名探偵だよ、め・い・た・ん・て・い。うはは。見よ、あのオーラ。もろに真打ち、堂々の登場って感じだろ。な。な?」

まさしく嫌な予感が的中し、桂島は胸中、そっと溜息をついた。

「音無警部のように将来を嘱望されているキャリアで、おまけに俳優ばりに美しい男が警察官としてテレビのサスペンスドラマに登場してみろ。誰がどう考えたって警部は、地位は低くとも正義感や熱血誠実ぶりが売りの主人公の引き立て役か、せいぜい敵役《かたきやく》にしか見えんだろうが。な。特にミステリ的な流れとしては、な、フツー」

「あのう、江角さん……」

「ところが、だ。豈《あに》はからんや、音無警部は実は名探偵だった、としたらどうよ。引き立て役どころか、なんと、主役だったのさ。ルックスがいいだけで性格も悪ければ頭も空っぽ、みたいなステロタイプなイメージで惑わせ、油断させておいて、ずばばばーんと痛快に頭脳明晰ぶりを発揮するわけだ。快刀乱麻を断つが如く事件の謎を次々に解いてゆくってえわけだ」

一見いかにも昔ながらの叩き上げ、いぶし銀の職人肌刑事っぽい風体のくせして、実はミステリおたくな江角であった。常日頃からアリバイだの密室だのといったその手の用語には、たとえ現場検証中であろうが、過敏に反応する。今日は名探偵か、やれやれ。音無とはまたちがう意味で、職業をまちがえてるんじゃないかと桂島は思ってしまう。

「どうだどうだ。鼻持ちならない単なるエリート気どりかと思いきや、実はヒーローだったと。名探偵といえば奇人変人勢揃いという類型的な決めつけに反逆する、意外性の極致の配役だろ。な。な。な？」

今回の事件が事実上の初顔合わせで、警部の人柄も能力もまだ全然未知数なのにもかかわらず、いったいなにを根拠に、そんな。だいたい音無さんだってああ見えて、けっこう変人だという噂ですよ、と桂島は危うく口走りかけ、なんとか自制した。音無が具体的にどんなふうに変なのかをよく知らないということもあるが、いちいち江角の戯言《ざれごと》に付き合っていたら話が前へ進まない。

「主任」と桂島は、浮かれている江角を無視して、音無に声をかけた。「すみません、あのう、ですね、改めて第一発見者の方のお話を伺おうかと思うのですが」

「あ。はい」腕組みをほどき、音無はソファの前へ回り込んだ。「門真さん、ですね。ご心痛の折、まことに恐縮ですが、少しお付き合いいただけるとたすかります」

特に高くも低くもないが、舞台俳優のようによく通る声で自分の前に立った音無を見た泰子は、いきなり背筋に鉄柱を差し込まれたかのように、ぴんと上半身を起こし、眼を瞠《みは》った。肺が破裂しそうなほど大きく息を呑む気配が江角と桂島にも伝わってくる。先刻までの不貞腐れた不良少女の如きムードが嘘のようだ。どうやら遺体発見のショックで放心状態だったせいなのか、それとも自分の斜め後ろという微妙に死角に入る位置に彼が立っていたからなのか、ずっと同じリビング内にいたにもかかわらず、まだ一度もまともに音無の顔を拝んでいなかったらしい。

「すみませんが、江角さん、桂島くん、まずわたしから門真さんにひとつ、確認をお願いしてもよろしいでしょうか？」

江角と桂島は期せずして同時に、どうぞどうぞと、しかもほぼ同じ角度で掌を上にして左腕を突き出してしまった。

「門真さん、わたしがお訊きしたいのは、ですね」音無は立ったまま、暖炉のほうを指さした。「あれは普段、いつも、あの状態なのか、ということなのですが」

「は？　え、えと」泰子は少し斜めに身体を捩《ね》じって暖炉のほうを向いたものの、音無がなにを指しているのか、まったく見当がつかないという面持《おもも》ちだ。「……あのう」

「これです」と音無は再び暖炉のほうへ歩み寄ると、横のキャビネットに手を伸ばす。写真立てといっしょに並べてあったものを、白い手袋を嵌めた手で持ち上げてみせた。

人形用とおぼしきミニチュアサイズの長椅子だ。そこに掌乗りサイズのウサギのぬいぐるみが二体、ちょこんと座っていた。ピンクと茶色で、前者は大口開けて爆笑、後者は眼を閉じて居眠り、という具合に表情が可愛らしくマンガ的にデフォルメされている。

「こちらは、どなたのものなのでしょう」

「え、えと」質問の真意を量りかねているのか、困惑しながらも泰子は妙に熱っぽい、潤《うる》んだ瞳で答えた。「それは多分、美寿々ちゃんのもの、だと思いますけど」

「美寿々さん、というのが」と音無に眼で訊かれ、「被害者です」と桂島は答えた。

「一見モン・スイユのモニカによく似ているが、ちがうようですね。首に巻いてあるリボンの端っこに、〈アクアピュア〉というロゴが入っている」

「え、それって。あれ、でもうちは、ぬいぐるみなんか、造っていないはずだけど」

「ということはどうやら、お菓子の包装用リボンを再利用したんですね。ぬいぐるみ本体がどこのブランドなのか、ご存じですか」

「さあ」と相変わらず困惑しながらも、泰子は露骨な媚態《びたい》を絶やさない。「でも、兄が買い与えたものならば、それほど安物ではない、とは思いますけど」

「いつ頃、購入されたのでしょう」

「それは兄本人に訊いていただかないと。でも、そういえば、わりと昔からずっと同じ場所に飾ってあるような気がするし。美寿々ちゃんが小さいときに、誕生日のプレゼントかなにかで買ったんじゃないかと」

「なるほど。実はわたしが気になっているのは――」音無は二体のぬいぐるみのあいだの空間を指さした。「ここ。ここです、ほら。ちょうどもう一体、同じタイプのぬいぐるみがおさまりそうなスペースが空いていますよね。これは普段からそうなのか、あるいは、もう一体いるのが本来の姿なのか、どちらなのでしょう。ご存じではありませんか」

「え、えと、それは、さあ、それは……」

「あの、主任」桂島は妙な義務感にかられ、そう口を挟んだ。「それと同じタイプのウサギのぬいぐるみ、三階にありましたが」

「え、ほんとうですか？」

「はい、被害者の部屋に。彼女が使っていたとおぼしきベッドの上に――」

「失礼、江角さん、桂島くん」音無はミニチュアサイズの長椅子ごとぬいぐるみをもとの場所へ戻した。「門真さんのお話をじっくり聞いておいてください。のちほど詳しい報告をお願いいたします。では」

言い置くや、振り返る素振りも見せず、音無は階段のほうへ、小走りに向かった。

「きたぞ来たぞ」と江角は舌なめずりせんばかりの笑顔で呟いた。なにが「来た」というのか、改めて訊かずとも桂島には判った。ウサギのぬいぐるみなんて普通の捜査官はまず着目しないアイテムになぜか拘泥《こうでい》した挙げ句に本来の事情聴取を投げ出すあたり、いかにも名探偵もののミステリっぽいお約束の展開が「来ましたよこれは」というわけだ。

「あ。えと、それでは――」狐につままれたかのような泰子の視線に気づいて、ごほん、江角はひとつ、咳払いした。「改めて詳しい経緯についてお伺いしたいのですが、門真泰子さん。被害者の清水上美寿々さんとは叔母と姪のご関係だとか。一応確認なのですが、門真さんは普段、このお宅にお住まいではないんですよね？」

「ええ、ちがいます」

「姪ごさんの遺体を発見され、通報したのが今日の午前八時頃、正確には三分ほど過ぎ、それでまちがいありませんか」

「まちがいございません」

「失礼ですが、そんな朝早くに、つまり少々イレギュラーとも思える時間帯にこちらを訪問されたのには、なにか特に事情でも？」

〈アクアピュア〉のグループ関連会社で役員を務める夫と中学生の子供といっしょに泰子が住んでいるのは、清水上邸から車で約半時間はかかる隣り町だ。従って、朝、ゴミを捨てるついでにちょっと挨拶に寄ってみた、なんて太平楽な経緯だったとは考えにくい。

「それは……」

複雑な胸中を窺わせる表情も露《あらわ》に、泰子は言い淀《よど》む。しばし沈黙が降りた。

「そういえば」とっかかりを探ろうと、江角は芝居がかった仕種《しぐさ》で周囲を見回した。「姪ごさんのご両親はお留守だということでしたが、いま、どちらのほうに？」

「旅行中なんです、ハワイに」

「ほう、ハワイ。それはなかなか優雅な」

「なにが優雅なもんですか」いきなり堰《せき》を切ったが如く、泰子は忌まいましげに毒づき始めた。「ハワイへ行くなら行くで、それなりに、分相応な旅行の仕方ってもんがあるでしょうに。なにが哀しゅうて、あんな格下のホテルにしか泊まれないような、安っぽいツアーにわざわざ、夫婦揃って」

「ツアー、というと、その、いわゆるパック旅行の類いですか」

「ええ、しかも国内旅行よりも格安の、もはや庶民的と呼ぶのもばかばかしい。でも兄は大喜びで出かけました。なにしろ美寿々からプレゼントされた……」なにを思ったか、泰子は己れの興奮を鎮めるかのように口調を改め、言い直した。「なにしろ美寿々ちゃんからプレゼントされたツアーでしたから。しかも彼女が、慣れないバイトで貯めたお金で、とくれば、そりゃあもう。ありきたりなコースに安ホテルでも、でれでれ、嬉しそうに、まったく、見ちゃいられないほど」

「あのう、娘さんがアルバイトして旅行をプレゼントしてくれたのなら、喜ばれて当然でしょう、親御さんとしては」

「でも、いくらなんでも新婚旅行をそれですませるというのは——」

「え。し、新婚旅行？」

「まだ行ってなかったんです、兄夫婦は。もちろん式や披露宴もしていない。そりゃね、美寿ちゃんの気持ちに配慮することが悪いとは言わないけれど、仕事上の付き合いってものが各方面にあるんですからね、兄には。みなさまにきちんと新妻を披露しておかないというのは、いかがなものかと。ましてや彩予《さよ》さんの、もとの立場が立場で——」

「ちょ、ちょっとお待ちください」眼を三角に吊り上げてまくしたてる泰子に江角は、たじたじ。「慶次氏の奥さまの、つまり、門真さんのお義姉《ねえ》さまのお名前は……」

「彩予。兄の二番目の妻です」

「二番目、というと、前の奥さまは？」

「病気で、十年、いえ、十一年ほど前に」暴露話が快楽中枢を刺戟《しげき》する質《たち》なのか、露悪的に微《ほほ》笑《え》む泰子の双眸《そうぼう》は、酒に酩酊しているかのように濁った光を発していた。「どうせお調べになればなにもかも判ることだから、ついでに言っておきますけど、兄が前の妻、有紀子《ゆきこ》と結婚したのは、美寿々ちゃんが九歳のときだった。その翌年、有紀子は死んでしまったんです、呆気なく。まるで自分の行く末を予感していたかのようにね。いえ、きっと察していたにちがいないんです、あれは、自分の死期を。だから自分の亡き後、ひとり娘を託す相手を切実に必要としていた彼女が選び、籠絡《ろうらく》したのが兄、慶次だった」

「まさかそれ、有紀子さんご本人がそうだと認めてたわけではないんでしょ？」

「いまでもそう考えている親族は、決してあたしひとりではない、とだけ、もうしあげておきますわ」

「すると、慶次氏の亡き前妻は再婚で、美寿々さんはその連れ子だった、と……」

「再婚なんかじゃなくて、そもそも有紀子さんて、未婚の母だったのよ」かつての義姉をうっかり〝さん〟づけしたのを悔やんででもいるのか、泰子の表情が憤怒《ふんぬ》と憎悪に醜く歪んだ。「どこの馬の骨の種とも知れない娘だったんですよ、美寿々は」その反動か、聞こえよがしに亡き姪を呼び捨てにした。「あろうことか、そんなコブ付き女を、実質、ほんの一年足らずの短いあいだだったとはいえ、この〈アクアピュア・グループ〉の二代目が嫁に迎えていた、だなんて。できることなら消し去ってしまいたい過去ですよ。恥曝《はじさら》しな」

つまり美寿々が殺害されたのは、言うところの恥曝しな一族の過去を完全に消し去ってしまおうと図った親類の誰かの犯行だった可能性もあるわけかと江角と桂島はほぼ同時に思ったが、どちらも口にはしなかった。

「そもそもどういう経緯で知り合ったんですか、慶次さんと前の奥さんは?」

「兄と有紀子は中学と高校の同級生だったんです。彼女は慶次の初恋の相手でした。高校を卒業して離ればなれになった後も、ずっと淡い想いを抱き続けていたんでしょう。偶然再会したとき、すでに有紀子は美寿々を産んで未婚の母になっていた。そのことを承知のうえで、なりふりかまわず彼女にプロポーズしてしまったんだから、我が兄ながら、まあほんとに、憐れみすら催しますわ」

「もちろん親族のみなさんは大反対だった。が、それを押し切ったってわけですか」

「ほんとうなら押し切ろうたって、できるはずがなかった。だけど、長兄がねえ、意外にも、慶次の味方についたもんだから」

「ほう、といいますと?」

「長兄の庄太が、親族を説得して回ったんです。相手の身上に抵抗があるのは重々承知だが、どうか慶次の想いを叶《かな》えさせてやってくれ、と。これだけ聞くとけっこうな美談のように思われるかもしれませんが、実は庄太は交換条件を出していたんです。もう時効だから言っちゃいますけど、長兄の代わりに慶次が、身体の弱った母を引き取る、という」

「ははあ……そうすれば有紀子さんとの結婚を親族に認めさせてやるから、と?」

「いわば裏取り引きで、そのことをあたしたちはかなり後になって知りました。まあともかく、なんとか有紀子との結婚に漕ぎ着けたのも束の間、彼女は呆気なく病死」

「そして慶次さんは、血のつながっていない美寿々さんを自分の娘として育てることにした、というわけですか。例えば、彼女の実の父親や親戚を探してみようとか、そういうことは考えずに？」

「なにしろ慶次にとっては初恋のひとの忘れ形見です。たとえ本来の血縁を探り当てられたとしても、もとより美寿々を手放すつもりはなかったんでしょう。溺愛してました、ほんとうに。実際、美寿々のほうも中学生くらいまでは特に素行に問題もなく、いい娘《こ》にしていたみたいなんだけど。高校生になった途端、急に――」おおかた母親の血が騒ぎ出したんでしょうけど、と泰子は低いながらも江角と桂島が思わずたじろぐほど凶暴な唸り声を発した。「学校をサボって、家にもろくに帰ってこない。男をとっかえひっかえ、援助交際ざんまい。それも、継父に対する当てつけなのか、よりにもよって四十とか五十の中年男ばっかり。病気ですよもう。結局、高校は中退した」

「ちょっと失礼。慶次さんが現在の奥さんと再婚したのは、いつです？」

「えと。五年くらい前、かな。美寿々が高校に入学する前後」

「てことは明らかに、美寿々さんが急に非行に走るようになったのは、継母ができたことへの反抗だったのでは」

「まあそれも無関係ではないでしょうね」

「それにさきほど、結婚式も披露宴もしていないご両親のためにアルバイトをして、格安ツアーとはいえ新婚旅行をプレゼントしたというお話からすると、自身の素行の問題はともかく、少なくともご両親との関係はそこそこ良好だった、と」

「まさか。まったくその逆。ずーっと険悪だった。一昨年、地震があるまでは」

「地震？　あ、そういえばありましたね、八月でしたっけ。けっこう大きなのが」

「震度五くらいだったかしら。この家もかなり揺れたそうだけど、おさまってみれば食器が何枚か割れた程度で、さほどの被害ではなかったとか。でも美寿々は、真夜中だったということもあったんでしょうけれど、そりゃあひどい怖がりようだったそうで、どうもそのことが原因で心境の変化があったんじゃないか、というのが慶次の見方だった」

「心境の変化とは、具体的にどういう？」

「これも慶次の受け売りだけど、やっぱり最後に頼れるのは家族しかない、ということ。いつ、なにがあるか判らない。万一の事態に備えて常日頃から、家族の絆だけはたいせつにしておかなければならない——とかなんとか、そういう美辞麗句の類い」

慶次の言うところの姪の心境の変化なるものを決して鵜呑《うの》みにしていない本音を隠さない口ぶりの泰子だったが、死者に対して辛辣《しんらつ》すぎると反省でもしたのか、あるいは、そもそもこの事情聴取が殺人事件の捜査の一環である以上、一応身内でありながら被害者に対する否定的発言を重ねるのは要らぬ疑惑の材料を警察に提供するだけなのではないかという可能性にやっと思い至りでもしたのか、唐突に神妙な面持ちになった。かと思うや、恫喝《どうかつ》気味だった嗄《しゃが》れ声を一オクターヴほど高くして、上半身をくねらせる。本人はどうやら慈愛と哀惜の念を振りまいているつもりらしい。

「ともかく一昨年の地震を境いにして、美寿々ちゃんの生活態度が一変したことはたしかですよ。この二年弱は、以前のように遊び惚《ほう》けたりせず、真面目にアルバイトをして。家にもきちんと帰って。兄夫婦と喧嘩したりすることも滅多になくなってたみたい」

「そして今年、そのアルバイトで貯めたお金でご両親にハワイ旅行をプレゼントした。いいお話ではありませんか」

「それはそうだと思う。けれど、単純に喜んでほいほい出かけてしまう慶次と彩予さんの神経が、あたしには理解できない」

「と、いいますと」

「不安じゃないのかしら、って」

「なにがどう不安なんです」

「判らないわよ、そんなこと。だけど、考えてみてごらんなさいな。そもそも美寿々ちゃんは清水上家の人間じゃない、もとをただせば血のつながっていない赤の他人、これは否定しようのない事実でしょ。いくらこの二年ほどはお行儀よくしているからって、一週間も彼女をこの家でひとりにしておくことに、少なくともあたしは抵抗があった。だから、今朝、偶然に通りかかったから挨拶に寄ったというふりをして、抜き打ち検査してやろうと思ったのよ」

そもそもの江角の質問の答えに、だいぶ遠回りして、ようやく辿り着いたようだ。

「つまり、なんですか、美寿々さんが、この邸宅にひとりなのをいいことに、なにか善《よ》からぬ所業に及んでいやしないかと心配して、朝の八時なんていう時間帯にわざわざ車でここへやってきた——ということですか？」

ずいぶんお暇なんですね、と江角と桂島はほぼ同時に胸中で突っ込んだ。もちろん口にはしなかったが、あるいはその気配を敏感に察知でもしたのか、泰子はもとの棘《とげ》のある嗄れ声に戻った。

「ええそうよ。そしたら案の定、あのざま。セキュリティシステムが作動した様子もなさそうだったから、おおかた美寿々が手引きして、男を連れ込んだんじゃないの」

その点に関しては、三階の彼女の部屋で現に使用済み避妊具が発見されている以上、擁護しづらい。

「しばらくおとなしくしていたものの、家でひとりになって解放感いっぱい、遊びの虫が疼《うず》いたってところね。で、痴話喧嘩にでもなった挙げ句に、その男に殺された。そういうことなんでしょ、どうせ」

「遺体を発見されるまでの経緯を、もう少し詳しく教えてください」

「詳しくもなにも、ドアチャイムを鳴らしても応答がない。玄関の扉がロックもされていない。不用心だなと思って、入ってみたの。そしたら……」

「しかし、いきなり二階の書斎へ行かれたわけではないのでしょう？」

それだと最初から被害者の遺体がそこにあると知っていたことになりますからなという皮肉

を江角は込めたつもりだったが、泰子は全然ぴんときていないようだ。

「ううん。まず三階へ上がった。エレベータで。そしたら、ベッドが乱れていたけれど、美寿寿の姿は見当たらない。三階は以前、母が使っていたのも含めて空き部屋が幾つかあって、順番に見て回ったけれど、どこにもいない。そこで今度は階段で二階へ降りてみたら、兄の書斎のドアが開いているじゃない。なかを覗き込んでみて、びっくり仰天。慌てて携帯で通報した」

「美寿々さんを発見された後、なにか現場のものに手を触れませんでしたか。例えば、電灯のスイッチとか」

「いいえ。明かりを点けなくても、部屋の様子はよく見えたし」

「被害者の遺体とかにも触れていない？」

「とんでもない。そんな気味の悪いこと、どうしてわざわざ。どう見たって息をしていなかったから、近寄りもしなかった」

「ところで、書斎の金庫のことですが、なにが入っていたのか、ご存じですか」

「金庫？　ああ、あれ。お父さんの」

「というと、先代の持ち物だった？」

「そうよ。母を引き取るのといっしょに、父の遺品もほとんど慶次が譲り受けた。あのがらくたも、そのうちのひとつ」

「がらくた？」

「開けようにも、開かないしね」

「え？　いや、しかし現に、ああして開いてますが……ご覧になったでしょう？」

「はあ？　あれれ、そうなの？　美寿々が死んでるのを見てびっくりして、書斎のなかまでは入っていかなかったから、全然気がつかなかったわ。でも変ね、ダイヤル番号が判らないから、錠前師かなにか、専門家に頼んで開けてみようとしたけど、それでも駄目だった、って聞いたわよ。理由はよく知らない。ダイヤルのなんたらの位置が微妙にずれてて、とかなんとか。何度聞いても意味不明な説明だったけど、ともかくダイヤル番号が判らないと、どうもむりだと。だからもう壊しでもしない限り、永久に開かない、って」

「待ってください。では、これはいったいなんなんです」

美寿々の遺体の下から発見されたメモ用紙を江角は示したが、泰子はまるでぴんとこないといった態で、肩を竦《すく》めるばかり。

「なにこれ？」

「ですから、これが書斎の金庫のダイヤル番号ではないのですか」

「そんなことを訊かれても、判るわけないじゃない。そもそも番号を知らないんだから、これが正しいのかどうかなんて、判断しようがない。そうでしょ。兄たちにも訊いてみてごらん、同じ答えが返ってくるから」

「いったいどうして、どなたもダイヤル番号をご存じないんです」

「父が誰にも教えずに死んだから」

「中味について、なにかお聞きになってはいないのですか」

「少なくとも、あたしは知らない。多分、兄たちも同——」

そこへ音無が戻ってきた。耳に携帯電話を当て、なにやら話し込んでいる。もう一方の掌にはちょこんと、あのあっかんべをしているウサギのぬいぐるみが載っていた。

「了解です。では——」と携帯の通話を切ると音無は、あっかんべウサギを、他の二体のぬいぐるみのあいだに押し込むかたちでミニチュアの長椅子に座らせる。にこり、と蕩《とろ》けんばかりの笑顔を泰子へ向けた。

「いかがでしょう、門真さん。これでもとどおり、と考えてよろしいですか」

「え、えと、え、ええ、まあ、た、多分」

真紅に熟れた双眸で、とろんと音無に見惚れながら泰子は、さきほどまで尊大に組んでいた両脚をほどくや、艶《なま》めかしい仕種で両膝を何度も浮かせた。いまにも爪先でコーヒーテーブルを蹴飛ばしそうな喧嘩腰の形相で江角と桂島に接していたときとはまるっきり別人格の如き豹変ぶりである。

「ところで、美寿々さんのお部屋には、これ以外にはぬいぐるみがひとつも見当たりませんでした。ということは、美寿々さんがお持ちだったぬいぐるみは、この三体のウサギで全部だったのでしょうか?」

「さあ、存じませんわ。この家にはあまり来ないし、たまに来ても、美寿々ちゃんのお部屋をいちいち覗いたりはしないし」

「そうですか——ところで江角さん、桂島くん」音無は笑顔を引っ込めた。「さきほど本部から連絡がありました。どうやら有力な容疑者が浮上した模様です」

「えッ」

「ただし、残念ながら我々は、彼のことを永遠に捕らえ損ねてしまったようですが」

＊

「……恒石稔雄《つねいしみねお》？」

清水上慶次は眉根を寄せた。

「はい。美寿々さんが殺害されたとおぼしき時間帯に、この男が近所の大通りで事故死しています」

司法解剖に回されていた美寿々の遺体の帰宅に合わせて、音無と桂島のふたりは清水上家を再訪問し、一階のリビングで捜査結果を説明しているところだ。

「その男が……美寿々を？」

「美寿々さんを殺害した後、恒石は、相当慌てていたのでしょう、自転車でいきなり大通りへ飛び出したところを、若者四人が乗ったスポーツカーに撥《は》ねられた。早朝で、だいぶスピードオーバーしていたこともあり、恒石は即死状態だったようです」

慶次は茫然とした面持ちで、視線も定まらず、音無の声がちゃんと聞こえているのかどうかも判然としない。旅行先から急遽帰国したばかりで、まだ精神的にも混乱しているのだろう、頭髪は乱れ、不精髭が目立つ。育ちの良さの滲み出る風貌は、きちんとした身なりをすればさぞや男振りも上がるだろうと思わせるが、いまは実年齢より二十も三十も老け込んだような疲労感が漂うのみ。

彼の背後には妻の彩予が控えていた。同じソファには座らず、ひとりで肘掛け椅子におさまっているが、不思議と夫との距離を感じさせない。自分は表舞台には立たず、夫の黒子に徹するという、決然たる気概が伝わってくるようだが、それもそのはず、彩予はもともとは慶次の秘書だったらしい。五年前に結婚するまで、十年近くも務めていたという。つまり慶次が偶然、前妻の有紀子と再会するよりも前から彼を支えていたわけだ。一見地味だが、心《しん》の強さを窺わせる印象も清冽《せいれつ》な、こんな魅力的なパートナーがすぐ身近にいたにもかかわらず、慶次に結婚を決意させた有紀子とはいったいどんな女性だったのだろう……音無の説明を聞きながら、桂島はそんな埒《らち》もない感慨に耽《ふけ》っていた。

「改めてお訊きしますが、清水上さんはこの恒石という男、面識とかは」

「いいえ、名前すら、いま初めて聞きました。いったい何者です」

「〈聖ベアトリス女子学園〉という私立の中高一貫教育の学校のことはご存じかと」

「もちろん、知っています。実はわたしは、ほんとうは美寿々をそこへ通わせたかったのだが……」

もしも公立の共学ではなく厳格な女子校に入学させていれば、娘にはまたちがう人生があったのではないかと悔やんでいるかのような口ぶりの慶次だったが、音無の次の言葉はそんな淡い仮定の夢物語を木っ端微塵《みじん》に粉砕してしまった。

「その〈聖ベアトリス女子学園〉で英語科の教諭をしていたそうです」

「きょ、教諭？　え、ほんとうに？」

「三十九歳。ちなみにですが、妻と、中学生と小学生、ふたりの子供もいました」

「信じられない……美寿々が、そんな男と、いったいどこで知り合ったんだ」

「どうやらアルバイト先ではないか、と」

「アルバイト先って、え、フラワーショップで、ですか？」

「特にプレゼント用でもなさそうなのに、男にしてはめずらしく頻繁《ひんぱん》に店を利用していたようで、他の従業員がよく憶えていました。どうやら最初から美寿々さん目当てで、足繁《あししげ》く通っていたのではないか、と」

「ど、どんな……そいつはいったい、どんな男だったんです」

「恒石ですか。少なくとも職場での評判は、あまり芳《かんば》しくなかったようです。生徒たちの受けもよくなかったようで、いわゆる学級崩壊を何度か起こしている。その挙げ句、もうクラス担任は金輪際しない、レベルの低い中学生の授業もいっさい受け持たないと駄々を捏《こ》ね、それをむりやり通してしまったり」

「はあ？　なんですって？　そ、そんな。一職員のそんな子供じみた我儘《わがまま》が、どうして通るんです」

「恒石は校務分掌で、生徒たちの成績などの個人データを管理する、情報処理部の部長を任されていた。学校では彼ほどコンピュータ関係に精通している人物が他におらず、臍《へそ》を曲げられると校務上厄介な事態になりかねないということで、多少の身勝手は黙認されていたようです。大部屋の職員室があたりまえの環境で彼だけ、作業用とはいえ、個室を使っていたり、とか」

「なんとまあ……」

「家庭では妻と子供たちから疎外感を覚え、孤立していた、という噂です。彼が多忙な時期をわざわざ狙いすましたみたいに、妻は子供たちとだけで旅行にいってしまう、とか。そういうこともよくあったようで」

嫌悪感とも憐憫《れんびん》ともつかぬ複雑な表情を浮かべ、なにか言いたげに口を動かした慶次だったが、声は出てこない。

「恒石はそういう家庭のストレスを職場で発散していた。他の職員たちは、情報処理関係の雑務に関しては彼に頼らざるを得ないわけですから。ぺこぺこ頭を下げる同僚たちを思うさま、いびり放題というわけです」

「そんな……よりによって、そんな最低の男に、どうして美寿々は……」

「こういうタイプの男にはありがちですが、若くて可愛い女性には掌を返したかのように愛想がいい。おそらく強引にくどかれた美寿々さんが、接客上の対応をしているうちに根負けしてしまった、というところではないでしょうか。性格破綻者のような恒石ですが、うまく猫を被ってさえいれば、けっこうモテる男だったという女性関係者の証言も複数あります。ただ、その猫被りが長続きせず、最後は相手と揉めて破局するというパターンを反復する。DV被害に遭って別れた女性もいたそうです」

「暴力癖があったのか……」

「職場でも同様で、若くて可愛い女性職員には愛想がいい。ただし一旦機嫌を損ねると、そういう女性に対してほど、きつい言動に及んだりもしたようです。恒石にいびられて精神的にまいってしまい、早期退職した女性教諭か事務員がいたとかいないとか、そんな極端な噂すらあります」

「ほんとにそんな男が美寿々と関係を持ち、あまつさえ殺したというのですか。ひょっとして、ひとちがい、ということは……」

「疑いの余地はありません。三階の部屋で発見された避妊具から採取された体液のDNAは、恒石のものと一致しましたし」

「いや、それは単にそいつが美寿々と肉体関係を持ったということでしかない。そうでしょ。それイコール、彼が美寿々を殺害した証拠にはならない。そうでしょ。例えば、現場には第三の人物がいたのかも」

慶次はまるで、娘がそんな最低の男と関係を持ってしまったのは仕方がないとして、命まで奪われたと認めるのは断じて我慢できない、とでも訴えたげな口吻《こうふん》だ。

「それは考えられません。美寿々さんの首や腕から採取された指紋も、恒石のものと一致しているのです」

「な、なんですって？　首から、って、あのう、たしか人体から指紋を採取するのは不可能だとか、なにかで見るか、聞くかした覚えが」

「昔はね、そうでした。検出試薬が、人体に付着しているすべてのアミノ酸に反応してしまうため、指紋のみを識別することが不可能だった。しかし現在は、特殊な化学物質を気化させることで、いちばん新しく付いたアミノ酸、すなわち指紋のみを変色させる技術が確立されています」

「すると……すると、やはりその男が美寿々を……そんな……そんな気分屋で、暴力癖のある男なんかにかかわるから……」嗚咽《おえつ》をこらえるかのような、絶望的な呻《うめ》きが慶次の喉から洩れた。「娘は……美寿々は、なにか彼の機嫌を損ねるような言動に及びでもして、激しい諍《いさか》いの果てに殺されてしまった、と。そういうことだったのでしょうか」

「かもしれません。が、それだけでは説明のつかないことがある。金庫の問題です」

「あれは謎だ。どうしてあの金庫の扉が開いていたのか、さっぱり判らない」

音無に眼で促され、桂島はビニール袋に入ったものを慶次に示した。美寿々の遺体の下から発見されたメモ用紙だ。

「この番号に見覚えは？」

メモ用紙を慶次に手渡した流れで、桂島が質問役を交替することになった。

「まったくありません。初めて見ました。これが、その、ほんとうに……？」

「実験してみました。書斎の金庫の扉を一旦閉めて、このメモ通りダイヤルを回すと、ちゃんと開きます」

「すると、ほんとうに……しかし、どうしてこんなものが？　いったいどうやって？」

「これは恒石が美寿々さんを脅してダイヤル番号をむりやり書かせたのではないか――我々は当初、そんなふうに考えました。が、メモ用紙の残留指紋を調べてみたところ、恒石のものはありましたが、美寿々さんの指紋は検出されなかった。そこで筆跡鑑定したところ、これは美寿々さんではなく、十中八九、恒石が書いたものだろうと結論された」

「し、しかしどうして？　どうしてその恒石という男は番号を知って……」

「もしもあらかじめ知っていたのなら、メモしたものを最初から持ってきそうなもので、その場でわざわざ書き記すというのは少し不自然です。状況からして、恒石は美寿々さんからダイヤル番号を聞き出してメモし、そしてそれを見ながら金庫を開けた、と。そんなふうにしか考えられない」

「それは絶対、あり得ません。美寿々は、たとえ教えたくても教えられる術《すべ》がない。このわたしですら、いまのいままで、こんな数字は見たこともなかったんだ」

「しかし、現に金庫の扉やダイヤル、そして内部からも、恒石の指紋が多数、検出されている。一方、美寿々さんの指紋はひとつも残っていませんでした。この状況を普通に解釈するならば、金庫を開けたのは恒石で、美寿々さんはダイヤル番号を教えただけ、ということになります」

「あり得ない、絶対に」

「親族でどなたか、ダイヤル番号をご存じだった方のお心当たりなどは」

「いません、ひとりも。これは断言します。だって、母ですら、父に教えてもらえなかったくらいですから」

「ご尊父は、ずいぶん秘密主義だったようですが」質問役が音無に戻った。「それは、なにか特に事情でも？」

「自分にとっては命よりもたいせつなものが入っているから、身内といえども、迂闊《うかつ》には洩らせないと、よく言っていました。もちろんいずれは兄かわたしに譲るつもりだったようだが、肝心のダイヤル番号を教えてくれる前に死んでしまった。間抜けな話だと、兄も一時期、ずいぶん愚痴ってました」

「すると庄太さんもご存じない？」

「もしも知っていたら、あの金庫がわたしに形見分けされるのを、黙って見ているわけがありませんよ」

「ご尊父の遺品に、ダイヤル番号を記したものとか、ありませんでしたか」

「そんなもの、もしもあったら、兄弟で奪い合いになっている」

「例えばですが、庄太さんはすでにこっそりと、どこからかダイヤル番号を入手し、金庫の中味を余所《よそ》へ移し替えている——そんな可能性もあるのでは？」

「可能性だけならね。が、あり得ません。もしもそんなふうに、まんまとうまくやりおおせているのだとしたら、兄のことだ、必ず態度に出る。これは理屈じゃありません。兄弟だから判るんです」

「立ち入ったことをお訊きするようですが、まともに開けられないのならば、もういっそ壊すなりして中味だけ取り出し、金庫本体は処分するとか、そういう対応はお考えにならなかった？」

「一度もないと言えば嘘になるが、そこまでする必要も感じなかった。あの金庫だけでなく、書物机とか油絵とか、書斎に置いてあるもののほとんどは父の遺品なんですが、なぜわたしが相続したのかというと、どれも見かけはそれなりに立派なものの、実際にはあまり金銭的価値がないからです。油絵なんか父がへたの横好きで、自分で描いたものですしね。兄はそういうものにはいっさい興味がない。唯一金庫だけは、なかになにか値打ちものが残されているかもしれないと心残りだったようだが、開け方が判らないんじゃ、どうしようもない。がらくたも同然だということで、これもわたしが譲り受けた」

「あなたにとって金銭的価値はあまり重要ではなかった、ということですか」

「そんなきれいごとを言うつもりはありませんよ。金庫や書物机を引き取ったのは、単に嫌いじゃなかったからに過ぎない。あくまでも装飾品として、ね。たとえ他人の眼にはがらくたと映っても、わたしにとっては邪魔にならなかった。だから処分しなかった、それだけの話です」

「なるほど」

「その恒石という男、どうやってかはともかくとして、金庫を開けた。これはたしかなんですよね。だったら中味はどうなったんでしょう。恒石が持ち去ったんですか」

「としか思えない状況ですが、死亡時、彼はこの家へ押しかけてくるのに使った自転車以外に、荷物をなにも持っていなかったようです。もちろん恒石が撥ねられた場所やその周辺は念入りに捜索しましたが、それらしいものはなにも発見されていません」

「まさか、開けてはみたものの、なかは空っぽだった、なんてことは考えにくい。父の性格からして、それなりに貴重なものが入っていたはずだ。なのに見つからないということは、恒石以外に今回の事件に関わっている人物がいるからじゃないですか？　警察は、共犯者の存在を検証していないのですか」

　あっさり首を横に振った音無は、さらに言い募《つの》ろうとする慶次をさりげなく遮《さえぎ》った。

「ちょっとすみません、話が少し横に逸れるかもしれませんが、確認のため、ふたつほどお訊きしておきたいことがあります。まず、あそこに——」音無が指さしたのは、暖炉の横のキャビネットだ。「ぬいぐるみが三体、ミニチュアの長椅子に座っていますね。小さなウサギの」

「ウサギの。あ、はい」

「あれは美寿々さんのものですか」

「そうです。彼女が、何歳だったかな、はっきりとは憶えていないが、まだ小学生だった頃の誕生日にプレゼントしたもので」

「あのぬいぐるみのことを、美寿々さんはどんなふうに思っていたのでしょう」

「どうって、わりと気に入っていたようですよ。彼女はぬいぐるみに限らず、いろいろ可愛らしいものが大好きだったし」

「しかし、あの三体以外に、ぬいぐるみらしきものは美寿々さんのお部屋には見当たりませんでしたが」

「わたしも娘のプライベートをいちいち見ていたわけではないので、はっきりとは判りませんが……」慶次が無意識に浮かべた自虐に歪んだ笑みに、その苦悩ぶりが如実に顕現していた。

「美寿々がかつて自分の部屋に飾っていた人形やぬいぐるみは、高校を中退する前後に、すべて処分してしまったようです。おそらくは、それらをプレゼントしたこのわたしに対する反抗心から」

その刹那、音無の唇の端になんとも悲痛な歪みが生じた。一瞬で消えたため、気がついたのは隣りに座っている桂島だけだったが、如何《いか》なる状況下でも温厚で沈着冷静な態度を崩さないというイメージが同僚たちのあいだで着実に固まりつつある音無が、初めて激情の赴くままに吐露した、それは魂の慟哭《どうこく》のようでもあった。

「処分してしまった……ほんとうに？」

「本人に確認したわけではないが、部屋に見当たらないというのなら、きっとそうなのでしょう。あの小さなウサギの分はたまたま美寿々の部屋ではなく、このリビングに置いてあったため、処分の手を免れることになったのだと思います」

「……なるほど」

音無はハンカチを取り出すと、そっと自分の頬に当てた。その仕種が慶次と彩予の眼にどのように映ったのかは不明だが、少なくとも桂島には、涙を拭っているかのように見えなくもなかった。

「あと、もうひとつ。一昨年の地震のことですが」

「地震？　が、どうかしましたか」

「一昨年の八月、地震が起こったとき、美寿々さんはどこにおられましたか」

「それはもちろん、自宅に――」

「たしかその頃、美寿々さんは新しいお母さまへの反抗心からか、あまり家に寄りつこうとはしなかった、というお話でしたが」

「あ、そういう意味ですか。でも、あの日はいましたよ。わたしも妻も、家族は三人ともここに」

「それぞれ、家のどこにいらっしゃったか、憶えておられますか」

「寝室ですよ、真夜中だったんだから」

「それは二階の？」

「ええ、わたしと妻はね。あれは、午前三時くらいだったかな。就寝中だったんだが、たまたまわたしが目を覚ましたときに、揺れが来て。それまで眠っていた妻も飛び起きた。何分くらいだったか判らないが、けっこう長い時間、揺れましたよね。おさまると、美寿々のことが心配になって、寝室から出ると、彼女がそこにいて……」

「そこ、というと、廊下ですか、ご夫婦の寝室の前の？」

「ええ、そうです」

「すると美寿々さんはそのとき、三階のご自分の部屋から降りてきたところだった？」

「いや……」微妙な間が空いた。「そのときは穿鑿《せんさく》する余裕もなかったんだが、後から思えば、わたしの書斎から出てきたところだったんでしょう」

「書斎から？　美寿々さんが書斎から出てくるところをご覧になったんですか」

「いや、そういうわけでは……直接、見たわけではないんだが」

「なのになぜ、書斎から出てきたと思われたのですか。例えば美寿々さんには普段から、真夜中でも興味のある本を探すために、書斎に出入りする習慣があった、とか？」

「いや、そんなことではなくて……わたしがとっさに、美寿々はいままで書斎にいたんだなと察したのは、彼女がそのとき、懐中電灯を持っていたからです」

「懐中電灯？　というと、停電していたのですか」

「いいえ。揺れ始めて、すぐにわたしは枕元の電気スタンドを点けた。揺れが激しくなってもその明かりが消えることはなかった」

「停電してもいなかったのに、美寿々さんは懐中電灯を持っていた。なんのために？」

「部屋の……書斎の照明を点けずに動き回れるようにするため、でしょう」うなだれ、再び顔を上げた慶次の眼は赤かった。「身内の恥を曝すようだが、どうやら美寿々は高校生の頃から、ちょくちょくわたしの書斎に忍び込んでいたようで……」

「忍び込む、とはまた、穏やかではありませんが」

「美寿々がこっそり書斎に入ったときは、すぐにそうと判りました。そのたびに書物机の引き出しから現金が消えていたので」

「もしかして、美寿々さんのその行為を知っていながら、清水上さんはなにも咎《とが》めようとはしなかったのですか」

「叱責するべきだったかもしれない。いや、するべきだったのでしょう、いま思えば。しかし、なさけないことに、当時のわたしはそれができなかった。ただでさえ再婚のことで美寿々との関係がぎくしゃくしているのに、この上、へたに咎め立てしたらますます家庭内の空気が重くなってしまう、と。それに、小遣い欲しさに外で万引きとかに手を染めたりするよりは、自宅内ですませてくれたほうがましだ、みたいな。自分に対して、そんな小賢しい言い訳もしていた」

「すると一昨年の八月、地震の夜にも、美寿々さんはご両親が寝静まるのを待って、書斎に忍び込んでいた、と」

「照明を点けなかったのは、例えばわたしか妻がトイレに立った際、書斎のドアの隙間から明かりが洩れたりしていたら不審に思われると用心したからでしょう。暗いなか、懐中電灯で現金の在《あ》り処《か》を探っていた、ちょうどそのとき……」

「地震が起きた。美寿々さんは揺れがおさまると、廊下へ飛び出し、そこで清水上さんと鉢合わせした、と」

「多分、そういうことだったんでしょう」

「なるほど。清水上さん、恐縮ですが、いまから書斎を拝見してもよろしいですか」

「は？　え、ええ、どうぞ」

困惑しつつも立ち上がった慶次を先頭に、音無、桂島と続き、階段を上がる。彩予はいちばん後から付いてきた。

「――失礼します」音無は書物机に歩み寄った。「さて、地震の夜、美寿々さんは、こっそり引き出しのなかを探っていた。そこへ激しい揺れがくる。彼女はとっさに、どうしたと思います？」

「だから、さっきも言ったように、慌てて廊下へ飛び出してきたんですよ。そしてわたしと鉢合わせして――」

「いえ、廊下へ飛び出す前に、どう行動したのか、という意味です。さきほどのお話では清水上さんは、揺れがおさまるまで寝室に留まっておられたんですよね」

「そうですが」

「しかもそれはけっこう長かった。ではそのあいだ、美寿々さんはどうしていたか？　わたしはこう考えます。とっさに、こんなふうに――」音無は肘掛け椅子を書棚側へ引き、前屈みになった。「机の下へ避難したのではないでしょうか。学校などでは地震の際、落下物に注意するよう防災教育をするでしょうから、これはごく自然な反応です」

「それはそうかもしれませんが……」

慶次は、音無がなにを言わんとしているのか、さっぱり見当がつかず、それが事件となにか関係があるのかと問い質すタイミングを窺っているようだった。

「ポイントは、そのとき、美寿々さんが懐中電灯を持っていたことです」

「と、いいますと」

「机の下の空間はこのように、三方を塞がれているため、たとえ昼間でも薄暗い。つまり通常ならば、下へ潜り込んでも、卓の裏側に書かれたり刻み込まれたりしている文字には気づきにくい。しかしそのとき、たまたま懐中電灯を持っていた美寿々さんにはそれが、はっきり見えた、というわけです」

「さっきからいったい、これはなんのお話ですか。卓の裏側に書かれたり刻み込まれたりしている、って、そんな文字……」

金庫のほうへ注がれる音無の視線に気づいた慶次は、あ、と声を上げた。

「そう、ダイヤル番号が記されていたのです、この下に。亡きご尊父の手によって」

＊

「──すみませんね、桂島くん。個人的なことで時間を割いてもらって」

「え？　い、いいえ、そんなことは。ちっともかまわないのですが……」

桂島は大いに困惑した。

署で音無に、実はこれから清水上彩予に会いにゆくのだが、いっしょに来てくれませんかと頼まれたときは気軽に引き受けた。待ち合わせ場所である公園へ到着し、ベンチに腰を下ろしたときも、なにも不思議には思わなかった。それなのに。

個人的なこと、って？　彩予に会うのが、なぜ個人的なこと、なのだろう。清水上美寿々殺害事件とは無関係な用件なのか？

「ほんとうは、わたしがひとりで会うのが筋なのでしょうが、それでは先方も、なにかと気を回すかもしれないので」

「は、はあ……」

ますます判らなくなってしまった。なにか個人的な用件での待ち合わせを打診して、彩予がそれを了承したのであれば、音無がひとりで来たとしても、なんの問題もなさそうに思うのだが……いや、まてよ。桂島の頭を、ちらりと不穏な想像がよぎった。言うところの音無の個人的な用件がもしも、よこしまな類いの目的なのであれば話は別かも。って、ま、まさか、ね。そんな。

「ところで、桂島くんは」

「はい？」

「他人のものなのに、それがどうしても欲しくなってしまって困った、という経験はありますか」

「は。え……えと」

「例えばの話ですが。ある女性にひとめ惚れしたとします。寝ても覚めても彼女のことが頭から離れない。しかし、彼女には特定の彼氏、または夫がいて、どうにもならない、という。そんな経験はありますか」

「ま、まあ、その手の苦い経験でしたら、ぼくも一応、男なので、ひと並みに」

「どうされました」

「はあ?」

「どういうふうに対処されましたか、その己れの抑え難い衝動に」

「どういうふうに、って。いや、フツーですよ。普通に諦めました」

「なるほど、理性が勝ったわけですね」

「いや、理性が勝ったもなにも、どう足掻《あが》いたってこちらには望みなんか一ミクロンもなかったもんで……あの、警部、いったいなんのお話ですか」

「なんと言えばいいのか、わたしはいま、とても苦しいのです。自分の欲望を持て余している。他人のものなのに、こんなにも欲しいなんて。自分のものにしてしまいたいと思うなんて。罪深いことだと判っているのに、どうにもならない」

あ、あの、警部、それって、まさか……と桂島は喉までせり上がってきた言葉を、なんとか呑み込んだ。まさか清水上夫人とよろめきたいとか、そういうことですか。いや、まてよ。それならわざわざ、ぼくを連れてくる必要はないわけで。う、わ、判らん。

「胸が苦しいのです。心が痛い。きみに立ち会ってもらおうとしたのも、さっきちらっと言った、先方が気を回すとかなんとか、そんなもっともらしい理由ではなくて、ほんとうは、わたしの後ろめたさを少しでも払拭《ふっしょく》しようという、姑息な――」

音無の声が途切れた。桂島がその視線を追うと、清水上彩予がそこに立っていた。大きな紙袋を提げている。

深々とお辞儀すると、彩予はベンチのほうへやってきた。音無が立ち上がったので、桂島もそれに倣う。

「お呼び立てしてすみません」

彩予は無言で、持っていた紙袋を音無に差し出した。

「持ってきていただいたのですね」

頷く彼女の表情は憂いに翳《かげ》っている。

「先日もお話ししたとおり、わたしがお預かりする、ということでかまいませんか」

「……どうかお願いします」

彩予は表情を変えないまま、呟いた。

「お察しいたします。これから毎日、この子たちの顔を見るのはお辛いでしょう」

無言で頷いた拍子に、少しだけ彼女の無表情が罅割《ひびわ》れた。はらりと落涙《らくるい》する。

「清水上さん、あなたはご自分のしたことに対し、刑事的にはもちろん、道義的な責任もお感じになる必要はない。なぜならあなたに悪意など微塵もなく、むしろ善意で為したことだったとわたしは考えているからです」

彩予は、そっと首を横に振った。音無の言葉を否定しているというより、慰められるのが却って苦痛のようだ。

「ハワイに発つ前日だったんです、掃除をしていて偶然、あの番号の存在に気がついたのは。

卓の裏側を雑巾がけしていたら、指の腹になにか凸凹の感触があった。疵《きず》でもついているのかとも思いましたが、妙な規則性を感じたので、下に潜って、見てみたんです。そしたら、彫刻刀かなにかで彫ったのではないかとおぼしき漢字と数字が並んでいた」

「そして、もしかしてこれが先代が残した金庫のダイヤル番号ではないか、と直感した」

「と同時に、二年前の地震のときのことも憶い出した。もしかして美寿々さんもこの数字に気がついているんじゃないか、と。そう思い当たった途端、ある疑念に囚われてしまったのです……彼女がわたしたち夫婦をハワイへ行かせようとしているのは、実はこれが目的なんじゃないか、と」

彩予は再び首を横に振った。今度は、はっきりと自責と懊悩《おうのう》の念を込めて。

「よく考えてみれば、そんなわけはないんです。地震からすでに二年近く経っている。もしも美寿々さんが金庫の中味を盗むつもりなら、いくらでもチャンスはあった。なのに悪さをした様子はない。ということは、美寿々さんは数字の存在に気がついていないか、もしくは気がついていても邪心はまったくないか、そのどちらかのはず。いま冷静に考えてみれば、それがよく判ります。でもそのときは、一旦疑心暗鬼が生ずると、もうどうにもならなくなって……このまま美寿々さんをひとり残し、出発して大丈夫なのか、と」

「ご主人に相談されることは、お考えにならなかったのですか」

「へたに進言したら、わたしが頭から美寿々さんのことを疑ってかかっているという印象ばかり強調されて、話がこじれそうな気がしたのです。かといって、このまま放置しておいて、万

一、わたしたちの留守中、美寿々さんに魔が差して金庫の中味に手をつけたことが主人に露見してしまったら、それはそれでめんどうなことになりそうだと。そう考えたわたしは、悩んだ末、独断で金庫の中味を余所に移し替えておくことにした……いま思えば、そこで止めておけばよかった。金庫のなかを、ただ空っぽにしておくだけでよかったのに……わたしったら、よけいなことを」

「いいえ、もしもわたしがあなたの立場だったら、きっと同じことをしました。なぜならその方法は、それぞれの関係者にとって禍根を残しにくい方法はなにかと思案して導かれる、ひとつの有効な選択だからです。結果は残念でしたが、あなたは最善の対策を講じようと知恵を絞っただけです。少なくともわたしは、そう理解しております」

「そう言っていただけると……」

口籠もった彩予は、眼尻を拭う仕種をして仕切りなおそうとしたようだったが、言葉は続かなかった。

「今後どうされたいかは、もちろんあなた次第ですが、僭越《せんえつ》ながらわたしの意見を言わせてもらえば、むりにご主人に打ち明ける必要はないと思います」

「そういうわけにはいきません」うっすらと微笑を浮かべたその唇の端に、涙がひと雫《しずく》、こぼれ落ちる。「金庫のなかに入っていたものも、ちゃんと主人に戻さなければいけないし。そうなると、肝心の説明を省略する、というわけにはいきません」

「ごもっともですが。ちなみにあの金庫のなかには、いったいなにが?」

「大学ノートが十冊ほど。内容はすべて、先代が書き残した、洋菓子のレシピです」

「そうか、〈シズタ〉の」

「ざっと見たところ、まだ試作もしていないものがたくさんありました」

「それはたしかに先代にとっては、命よりもたいせつなものだったでしょう」

「それも含めて、いつまでも主人に隠し続けるわけにはいきません」

音無が頷くと、彩予は再度、深々とお辞儀をする。踵を返し、立ち去った。一度も振り返らずに。

「桂島くん……」彩予の姿が視界から消えると、音無はいまにも泣き出しそうな声で呻いた。

「ご覧になったとおりです。わたしは、なんて卑怯な人間でしょう。これは彩予さんの心痛を慮《おもんぱか》ってのことだ、みたいに自分をごまかして」

「あ、あのう、警部、ぼくにはまだ、その、いまひとつ、話がよく見えな……」

音無が差し出した紙袋を、桂島は覗き込んだ。清水上家にいた、あのウサギのぬいぐるみたちが出てきた。黄色とピンク、そして茶色。三体揃って、ミニチュアサイズの長椅子に座っている。

「これが……？」

「桂島くん、この真ん中の黄色い子だけが、清水上家のリビングではなく、三階の美寿々さんの部屋にいましたよね。しかもベッドの上に転がるようにして」

「ええ、そうでしたが」

「それはなぜだと思いますか」

「一階のリビングから三階へ、誰かが持っていったから、でしょうか」

「誰が?」

「普通に考えれば美寿々さんですが、なぜそんなことをしたのかは、ちょっと……」

「そうです。美寿々さんにはそんなことをする理由がありません。もちろん他の誰にも、そんなことをする理由はない。ただし三階ではなく、二階へ持ってゆく理由を持っているひとならいました」

「誰ですかそれは」

「彩予さんですよ。彼女は二階の、夫の書斎の金庫にこの、ベー太くんを、こっそり入れておいたのです」

ベー太くん、というのは、あっかんべをしている表情にちなんだ黄色いウサギのぬいぐるみの愛称で、しかも音無が命名したらしいと、桂島はかなり後になってから思い至るのだが、いまはそれどころではない。

「さきほどご自身で語っておられたように、彩予さんは念のため、留守中は金庫の中味を余所へ避難させておくことにした。が、なにも起こらなければそれでいいが、もしも美寿々さんが金庫を開け、なかが空っぽであることを知ったらどう反応するだろう、と。彩予さんはそれが心配だった。清水上氏も先日言っていたように、もともとなにも入っていないというのは考えにくいことで、それは美寿々さんもそう認識していたでしょう。なのに空っぽなのは、継父か継母のどちらかが出発前に中味を抜いていったからではないか、つまり、この二年弱、改心してアルバイトも真面目にやって頑張ってきた自分のことを両親は、結局信用していないのではないか……彩予さんが懸念したのは、美寿々さんがそんなふうに僻《ひが》み、再び家庭不和に陥ってしまう事態だったのです。そこで」

音無は掌に載せた、べー太くんを眼の高さまで掲げてみせた。

「この子を金庫に入れておくことにした。もし美寿々さんがこっそり金庫を開けたら、あっかんべしている、べー太くんとご対面なわけです。この、人間の生の表情では到底演出できない、お生憎さま、残念だったね、という可愛らしさに彩予さんはすべてを賭けた。万一、美寿々さんに魔が差したとしても、彼女が自分自身を相対化し、笑ってすませられる余地をつくっておこうとしたのです」

「理屈はまあ、判らなくもないですが、しかしそれだと、逆効果にもなりかねないんじゃありませんか？　つまり、この可愛らしさが仇《あだ》になって、小馬鹿にされたと、逆に怒り心頭に発してしまう危険性だって――」

「まさしくその逆効果が発揮されてしまったのです、恒石稔雄に対して、ね」

「あ……」

「わたしが思うに、美寿々さんは机の下の番号と、開かずの金庫とを関連づけて考えていなかったのではないかと。関連づけて考えたのは恒石のほうです。彼はおそらく、美寿々さんとの雑談のなかで、別々の場面で登場するふたつの話題を自分なりに結びつけ、そこに金のにおいを嗅ぎとった。ずっとその機会を窺っていた恒石はあの夜、美寿々さんが行為の後、寝入ったのを見計らい、二階の書斎へ忍び込みます。卓上スタンドで机の下を照らして、ダイヤル番号をメモし、まんまと金庫を開けた。が、そこには、この子がいて」

「あっかんべ、していた」

「おそらく恒石は、美寿々さんが自分を嵌めたと邪推した。互いに関係のない話題のふりをして、机の下の謎の番号と開かずの金庫の存在を印象づけ、まんまと操られて窃盗行為に及んだ自分を思い切り笑いものにしようと謀《はか》ったのだ、と。瞬時にして逆上した恒石は、ベー太くんを鷲摑みにして、三階の寝室へ取って返した。そして眠っている美寿々さんに向かって、ベー太くんを投げつけた。なんの罪もない、この子を……」

一瞬、激しい憤怒と憎悪の炎が音無の双眸に宿りかけたが、すぐに自重したようだ。

「眠っていた美寿々さんは、いったい恒石がなにに興奮しているのかも理解できない。話が嚙み合わずに業を煮やした恒石は、美寿々さんを裸のまま、むりやり二階の書斎へ引っ張ってゆく。そして空っぽの金庫を示して、おれを虚仮《こけ》にしやがってとかなんとか罵《ののし》りまくる。美寿々さんはもちろんなんのことかさっぱり判らず、その態度にますます自尊心を傷つけられた恒石は極度の興奮状態のまま美寿々さんを扼殺してしまった。我に返って、さぞかしパニックに陥ったでしょう。使用済みの避妊具の処分も忘れ、家を飛び出していった挙げ句、スピード違反のスポーツカーに撥ねられた——というわけです」

「その経緯を、彩予さんも……」

「殺害現場の状況を知って、おおよそのところを察したのでしょう。ほんとうにお気の毒なことでした。彩予さんにとっても、そして可哀相に、不本意で酷な役回りを押しつけられた、べー太くんにとっても——さ、そろそろおうちへ帰りましょうか」

それが自分に向けられた言葉でないことを桂島はすぐに察した。音無がごく自然な口調で「わろ太くんも、ねむ太くんも」と続けたからである。もちろんそれは、あとの二体のウサギたちの愛称にちがいなかった。

名探偵の予感……か。三体のウサギのぬいぐるみの入った紙袋を、まるで赤ん坊を抱くかの如くたいせつに掲げ持つ音無を見て、あの江角の言葉が脳裡《のうり》に甦る。ひどく納得している自分に気づくと同時に、ひどく脱力してしまう桂島なのであった。

サイクル・キッズ・リターン

昭和の香り漂う古き良き少女漫画の愛読者の永遠の夢が具現化したかと見紛《みまが》うばかりに美しい、それはそれは美しい、美しい男。

そんな男が、仮に自室で寛《くつろ》いでいるときに傍《そば》にいてくれたりしたら、これはもう眼福の極みで心もさぞや癒されよう。天にも昇る心地だろう。則竹佐智枝《のりたけさちえ》はしみじみとそう思った。が、しかし。

いざ出現してくれた場面が殺人事件現場となると、その美貌の威光も微妙に半減。というか、はっきり言って鬱陶《うっとう》しいばかりだ。ええい、鬱陶しい、どこかへ消えてくれ、そう怒鳴りたくなる。

音無美紀警部はさっきから腕組みして、なにをするでもなく、ただ突っ立っている。どこかぼんやりと心ここにあらずの面持《おもも》ちで、現場をブルーシートで覆い隠そうとする制服姿の警官たちや、路上に横倒しになっている自転車のハンドルの指紋検出作業をする鑑識課員たちの邪魔になりそうになるたびに、あちらへふらふら避《よ》けたり、こちらにへろへろ戻ったり。

おいおい、だいじょうぶか、このひと。音無の班に配属されてから初めての殺人事件の捜査だが、早くも佐智枝は保護者のような心情で、はらはらしっぱなし。いい子だから、みんなの邪魔にならないよう、どこか余所《よそ》で遊んでいてちょうだいと本気で口走りそうになる。あるいはもっと穏当な表現でなんとか音無をここから追っ払えないものかと真剣に腐心する佐智枝だったが、そういうわけにもいかない。これでも捜査主任だ。

最初に紹介されたときは佐智枝もその並外れた美貌に度肝を抜かれたものだったが、こうなるとその容姿《ようし》端麗《たんれい》さは音無の中味のなさを象徴しているかのようだ。これで将来を嘱望《しょくぼう》されているキャリアだというんだから、ほんまかいなと眉に唾をつけたくなる。わたしより歳下のくせに、もしもこれで露骨にエリートづらしやがったら、いくら上司でも赦《ゆる》さんところだが、その点、うすらぼんやりしてくれているだけ、まだまし、か。

「これは〈聖ベアトリス女子学園〉の制服ですね」

仰向けに倒れた遺体を示し、そう音無に説明しているのは桂島刑事だ。

「臙脂《えんじ》色のネクタイをしてるから、中等部ではなく、高等部だ。高校生ですね。中等部の生徒のネクタイは緑。ちなみに二十年ほど前まではセーラー服だった。ユキミ・アユガセに依頼した新制服に変えたら人気が出て、生徒数が増えたそうです。一時期、紺のブレザーに赤のリボンにモデルチェンジしてたこともあったな。いやあ、いまはどこも少子化対策でたいへんですね」

ひと昔前の白黒映画に登場する、メガネをかけた世間知らずな書生のようなイメージを喚起する桂島の線の細い外見のせいか、訊かれてもいない豆知識を披露する口調がどこかしらオタクっぽく、佐智枝の耳には響く。制服のデザイナーの名前なんか、誰も知りたくないっつうの。なんだかみんな妙にマイペースで、ほんとにこんな調子でいいのか、せめて自分がしっかりしていないと捜査が長期化してしまうんじゃないかと佐智枝は憂いながら、遺体をじっくり観察した。ベージュのブレザー、臙脂色のネクタイ、紺色のチェックのスカートにハイソックス姿。ぽっちゃりした和風の愛くるしい顔だち。長い髪が路上に放射状に拡がり、黒ずんだ血餅《けっぺい》にこびりついている。そのすぐ傍《かたわ》らに金属バットが転がっていた。

「……どうやらこれが凶器だな」

顔色ひとつ変えない音無とは対照的に、被害者と同世代の娘がいるという江角刑事は、一《いち》捜査官としての客観的な立場に徹しきれない心痛をもてあましてでもいるのか、しきりに掌《てのひら》で自分の口もとを覆う仕種《しぐさ》を繰り返している。そんな江角の人間的な反応には好感が持てた。叩き上げのベテランだと聞いているし、無能なお坊っちゃまタイプの主任やオタクくさい若手などと違って如何《いか》にも頼りになりそうな質実剛健さが滲み出ている。ひとりでもまともな同僚がいてよかった、と佐智枝は思った。このときはまだ。

江角は遺体から眼を逸らすと、十メートルほど先で横倒しになっている自転車に向け、顎をしゃくった。

「犯人は、あの自転車で走行中だった被害者の頭部を、この金属バットで思い切り殴りつけた、か」

「どうやらそのようですね」佐智枝は頷き、手帳を捲《めく》った。「ここはすぐ裏が住宅街ですが、暗くなるとほとんどひと通りがないらしい。今日の未明、三時頃、近所の民家の住人が、女性のものらしい悲鳴と、金属質の衝撃音を聞いたそうです。が、その後はずっと静かだったので、何事なのかを確認しに外へ出たりはしなかったらしい」

「それで発見が少し遅れたわけか」

中学生か高校生くらいの若い娘が頭から血を流して道路に倒れている、と通報があったのは早朝、五時半。警官たちが駈けつけてみると、ともに七十代らしき男女が遺体の傍らに佇《たたず》んでいた。揃いのスウェットの上下という恰好で、夫婦でウォーキング中だったという。連絡先を訊くと、自宅は現場からかなり離れている。たまには気分を変えて普段とちがうルートを歩いてみようと妻が言うものだからそうしたら、とんでもない事件に遭遇してしまったと夫は携帯電話を手に悄然《しょうぜん》としていた。

「直接の死因が殴られた傷によるものか、転倒した際の衝撃によるものか、まだ判らないが、ずいぶんと荒っぽい手口だ。通り魔かなにかかな」

「かもしれません」

「被害者の身元は？」

「少し前に、橋都麻穂《はしとまほ》という名前の高校二年生の娘が帰宅しないと、家族から南署に届け出があったそうです。〈聖ベアトリス女子学園〉の生徒だそうなので、おそらくこの娘がその彼女ではないかと」

「ん？　まてよ。近所の住民が被害者のものとおぼしき悲鳴を聞いたのが未明の三時頃。仮にそれが犯行時刻だとしたら、そんな時間帯に彼女、いったいどこへ行こうとしていたんだ？しかも制服姿で」

「帰宅しようとしていたんだと思います、学校から。来週〈聖ベアトリス女子学園〉の文化祭が予定されているそうで、橋都麻穂という生徒も連日、所属サークルの催しの準備のため、学校に遅くまで居残っていたとか」

「遅すぎだろそれは、いくらなんでも」

「当初はいっそ泊まり込むつもりが、自宅に取りにかえりたいものが出てきたりで、とりあえず一度戻ると家族に連絡があったのが、三時ちょっと前だったとか」

「おいおい。そんな時刻に彼女の家族も、まだ起きていたのか？」

「在宅の内職のため、母親はいつもその時間帯にはもう起床していたようですね。それを知っているから娘も気楽に電話した」

「それならそれで母親も、車で迎えにいってやるとか、すりゃよかったのに」

「ここのところ、そういう不規則な生活が日常茶飯事になっていたため、つい防犯意識が低くなっていた、みたいな意味のことを言っているとか。ところが四時を過ぎても、いっこうに帰宅しない。娘の携帯にかけても、なんの応答もない。これはなにかあったかもと急に不安になって通報した、ということだったようです。もちろんこの被害者が橋都麻穂という娘だとして、の話ですが」

「身分証明書の類《たぐ》いはなにも持っていないのか、被害者は？　生徒手帳とか」

「それが……」佐智枝は白い手袋を嵌《は》めた手で、自転車の籠に入っていた手提げ鞄を示した。

「このなかにあったものですが」

「どれ……ん？」

佐智枝が江角に手渡したのは黒い生徒手帳だ。〈市立貴泉《きせん》中学校〉とある。

「これは女子校じゃなくて、公立の共学じゃないか。しかも中学校。なんで彼女、こんなものを？　もしかしてこの中学校の出身で、古い生徒手帳を処分せずにとっておいた、とか？」

「いえ、そういうわけではないようです」

佐智枝は、江角の手のなかにある生徒手帳の表紙を捲ってみせた。学校の割印が捺《お》された、五分刈りで詰襟《つめえり》姿の男子生徒の顔写真を指で示す。

やや吊り眼気味で受け口の面長な容貌は、おれはいつでも世界を敵に回す心構えはできているとでも言いたげな、思春期特有の闘志に漲《みなぎ》っているかのようだ。中学三年生。名前は錫村《すずむら》恭平《きょうへい》とある。

「錫村……はて」江角は首を傾《かし》げた。「どこかで聞いたことがあるような」

「でしょう。実はわたしも、さっきからそう思って、考えているんですけど」

「おふたりはご存じありませんか。錫村恭平といえば、地元の野球ファンにとってはちょっとした有名人でしたよ。二年生のとき、先発ピッチャーとして、弱小チームだった〈貴泉〉野球部を初の県大会優勝へ導き、さながら彗星の如くその名を斯界《しかい》に轟《とどろ》かしめた」

「そういえば、新聞かなにかで見たことがあるような気も」

「三年生のときは家庭の事情かなにかで部活動を休止していたようですが、将来はプロでも活躍できるんじゃないかと周囲はかなり盛り上がっていた。超高校級という言葉がありますが、さしずめ超中学校級とでも言いましょうか。右の本格派で、一八〇センチという長身から繰り出す伸びのあるストレートと、高速スライダーを武器に――」

「そうだ、憶《おも》い出しました」だらだら不要な蘊蓄《うんちく》をいつまでも垂れ流しそうな桂島を佐智枝は、ぴしゃりと遮《さえぎ》った。「あれは去年でした。七月だったかな、それとも八月？　ともかく、自転車で走行中だった男子中学生が撲殺された事件があって、やはり通り魔の仕業《しわざ》じゃないか、と言われた。その被害者だった生徒です」

「野球ファンのみならず、教育関係者にも大きな衝撃を与えた事件だった。ちなみに事件発生は去年、九月の最初の金曜日だったと記憶してますが。あれって、たしかまだ容疑者は検挙されていないんじゃないかな。江角さん、もしかして……」

「うむ、同一犯かもしれん。いや、その可能性は高そうだ。現にこうして、こんなものが見――ん、まてよ」江角は眉根を寄せ、遺体と自転車を交互に見た。「この生徒手帳が、今回の事件の被害者の鞄から発見された……ということは、犯人が入れていったのか。もしかして、わざと？」

「どうもそんな感じですね、この状況からして」

「この鞄が被害者の持ちものであることは、まちがいないのか」

「デザインからして多分、女もののようですし。『橋都』や『まほ』などのネーム入りのグッズもいろいろ入っている」佐智枝は手提げ鞄を掲げてみせた。「まずまちがいないでしょう。となると犯人は、いったいなんのつもりで――」

「待て。もしかしたらこの生徒手帳、犯人が入れていったんじゃなくて、彼女が拾っていたものかもしれんぞ」

「さっき桂島くんも言ってたように、錫村恭平が殺害されたのは去年の九月です。いまは十月。一年以上経過しているのに、いまさらこんなものを、彼女にせよ他の誰かにせよ、ひょっこり拾うなんて、およそありそうにない。仮に彼女が事件直後にこの生徒手帳を拾っていたのだとしても、こうしてずっと持ち続けているのは不自然です」

「うーん、それもそうか」

「そしてなによりもわたしが引っかかっているのは、今回の被害者である橋都麻穂の生徒手帳が見つかっていない、ということ。少なくとも彼女の手提げ鞄にも、制服のポケットにも、入っていない」

江角と桂島は顔を見合わせた。

「もしかしたら彼女、たまたま携行していなかっただけかもしれませんが。ただ、もしも犯人が、去年の被害者のものと、こうして入れ替えるかたちで、意図的に彼女の生徒手帳を持ち去ったのだとしたら——」

「意図的に持ち去った、って、いったいなんのために。まさか……」

「そのまさか、です。最悪の想像ですけど、ひょっとしてこの犯人、もう一度、犯行を繰り返すつもりなんじゃないか、と」

「次もまた……」江角は唸った。「次もまた自転車通学の中学生か高校生を狙って？　そして第三の被害者の生徒手帳を、今回の橋都麻穂のものと入れ替えて、持ち去るつもり、とか？ リレーみたいにして延々《えんえん》、続けるつもりだというのか」

「犯人が、なんらかの理由で自分の手口を反復することに固執しているとすれば、あるいは。まだなんとも言えませんが」

「これは、主任、ともかく先ず《ま》」と江角は音無のほうを振り返った。「去年の事件の洗い直しから、ですね」

どこか上の空で頷いた音無は、ふと我に返ったかのように首を傾げた。「桂島くん」

「はい？」

「わたし、野球のことはよく判らないのですが、去年の事件の被害者、一八〇センチの長身とか言ってましたよね。ということは身体つきも相当、頑強そうでしたか」

「ええ、それはもう。制服を着ていなかったら、とても中学生には見えなかったんじゃないかな。マウンドに立ったときはもちろん、バッターボックスに入っても、迫力ありましたよ。面構えも精悍《せいかん》でね。ちなみに右投げ、左打ち。クラッチヒッターで右、左、打ち分けられる技術もあったから、野手に転向しても充分やっていけたと」

「おかしいな」

「って、なにがですか？」

「さきほど則竹さんがおっしゃったところによると、その錫村恭平を殺害したのは通り魔ではないかと。しかし、当時どうしてそんなふうに考えられたのか、ちょっと不思議だなと思って。

例えば彼女のように――」

音無が指さした先からはすでに橋都麻穂の遺体が担架で運び去られた後で、ひと形の白いマークだけが残されている。

「通り魔というからには、無辜《むこ》の通行人を無差別に襲うわけでしょ。ですから彼女のように一見非力そうな――ほんとうに非力だったのかどうかはさて措《お》き――少女を狙う、というのは判ります。しかし、そんな見るからに迫力のある、アスリートタイプの屈強そうな若い男をわざわざ標的に選んだりするものかな、と。それはちょっと不自然ではないかという気が」

へえ、このひとにも多少は働かせられる頭があったのねと佐智枝は少し感心したが、第一印象が芳《かんば》しくないせいか、どうも揚げ足を取られたかのような気分ばかりが先行し、おもしろくない。まさかそんな反感が顔に出たわけでもあるまいが、桂島はどこか執《と》り成す口調になった。

「ああなるほど。ごもっともな疑問ですが、通り魔説に落ち着いたのにはもちろん、それなりの理由があったんですよ」

＊

昨年。九月の最初の金曜日。

朝、七時半頃、河川敷の遊歩道で、横倒しになった自転車の傍らで、頭部から血を流してうつ伏せに倒れている男子中学生の遺体が発見された。

死因は頭部を激しく殴打されたことによる脳挫傷。遺体の近くに被害者の血がこびりついたコンクリートブロックが転がっており、鑑定の結果、これが凶器と断定された。

被害者の名前は錫村恭平。〈市立貴泉中学校〉の三年生で、野球部に所属していた。強腕で鳴らしたピッチャーで、地元では有数の強豪チームを擁する某私立高校への進学を希望していたが、父親が病気で急死したため、断念。同校に授業料免除の特待生としての入学を確約されていたとの噂もあるが、本人は否定している。正式に退部届は出していなかったが、体調を崩しがちな母親に代わって幼い弟と妹の面倒などをみるため、実質的に野球は引退状態だったという。

自転車の籠に入っていた学生鞄や、ポケットのなかの財布など、すべて手つかずだったため、強盗目的とは考えられなかった。加えて錫村恭平は身長一八〇センチ。中学生とはいえ、見るからに頑強な身体つきで、ひったくりなどの標的に最適とは到底言い難い。殺害時、登校途中の被害者はおそらく自転車で走行中だったことも考え併せると、わざわざ彼を選んで強盗目的のために襲うなど、なおさらありそうにない。

凶器となったコンクリートブロックは、河川敷に不法投棄されていた廃材の一部で、犯人はこれを振り回して被害者に襲いかかったか、もしくは少し離れた場所から投擲《とうてき》したのがたまたま頭部に命中したか、どちらかだと思われる。コンクリートブロックには落下の衝撃によってできたとおぼしき比較的新しい欠損があり、その破片も付近に散乱していた。普通の感覚ならば体格のいい被害者にまともに立ち向かうのは避《さ》けるであろうことも加味すれば、あるいは後者のほうの可能性が若干高いかもしれない。

現場に錫村恭平の生徒手帳が見当たらなかったことは当時から指摘されていた。が、財布にも手をつけなかった犯人がわざわざそんなものを盗んでゆくとは考えにくく、生前に被害者本人がどこかで紛失していたのだろうという結論に落ち着くことになる。

強盗目的ではあり得ないことから、犯行の動機は怨恨ではないかと考えられた。しかし、錫村恭平の周辺を探ってみても、特にこれといったトラブルは聞こえてこない。

生前の被害者が地元では名を馳せたスター選手であったため、野球部関係は重点的に調べられたが、浮かび上がってきたのはチームメイトから慕われ、信頼されていた錫村恭平のいわゆる「気は優しくて力持ち」的な人物像だった。教師や同級生たちの口から語られるのも、生真面目な性格、友だち想い、家族想いとの評判ばかり。

故人を貶《おとし》める発言はしにくいという普遍的な人情を割り引いても、錫村恭平が殺害されるほどの恨みをどこかで買っていたとは考えられず、結局、通り魔の仕業ではないかとの仮説が有力となった。もちろんこれにも強盗説が抱えるのと同じ疑問点がある。すなわち通り魔が凶行に及ぶにあたって、錫村恭平のような屈強そうな男子をわざわざ標的に選ぶものなのか？　という。

ただし、通り魔説と強盗説には決定的な相違がある。前者は金銭目的ではない。無為な暴力の衝動にただ身を委ねる以上、犯行当時の犯人が、標的が自分の手に負えそうな相手か否かの判断を正常に下せない精神状態にあったことも充分あり得る。その見解の下、警察は周辺の不審人物の洗い出しに全力を注ぐ方針を採った。

凶器のコンクリートブロックからは複数の指紋が検出されている。そのなかには、あるいは投擲された凶器を受け止めようと試みた際に付着したのだろうか、被害者である錫村恭平ののもあった。が、それ以外の照合可能なサンプルはすべてが前科なしという結果が得られただけで、指紋の線からの容疑者の絞り込みは望めなかった。少なくとも当時は。ところが。

今回の橋都麻穂殺害事件を受けて、素性《すじょう》不明だった指紋サンプルのひとつが、俄然《がぜん》、脚光を浴びることとなった。なんと、コンクリートブロックから検出されていたサンプルのなかに、橋都麻穂を殴殺した凶器である金属バットのグリップに付着していた指紋と合致するものがあったのだ。

「しかも、錫村恭平の生徒手帳からも同じ指紋が検出された、とくる。これはもう」江角は唸った。「これはもう、犯人のものでしかあり得ない。それは確実だ。それは確実……なんだが」

「どうしてわざわざ、自分の指紋が付着したものを、現場に置き去りにしていったんでしょう」

佐智枝は江角と組んで聞き込みの最中で、これから〈聖ベアトリス女子学園〉へも回る予定だ。

「金属バットのほうは、例えば慌てていたからそのまま放り出したとか、説明をつけようと思えば、なんとかつけられなくもない。しかし、錫村恭平の生徒手帳は——」

「明らかにわざと、橋都麻穂の手提げ鞄に入れていったわけですから」

「まさか自分の指紋が付着しているという自覚がなかった、なんてわけでもあるまいし。前回の事件の重要な証拠品をわざわざ置いてゆく理由が判らん。ひょっとしてこれは、タケさん、偽装という線も検討せにゃならんかも、な」

早くも同僚のあいだでは「タケさん」という通り名が定着しつつあるが、佐智枝はまったく気にならない。むしろ「サッちゃん」なんて呼ばれるよりよほどいい。

「つまり犯人は、自分の指紋ではなく、別人のものを、わざと偽の証拠として残していっている、と?」

「可能性としては、ありだと思う。が、肝心の残留指紋がいったい誰のものなのか、こちらに特定できる手だてがない限り、そんな偽装をしたところで、あまり意味がないような気もするが」

「それはまだ判らないんじゃないですか。もしかしたら、問題のサンプルと合致する指紋の持ち主が、これから新しく登場するという段取りになっているのかもしれない」

「そうか。そうだな、橋都麻穂の生徒手帳の問題もあるし」

橋都麻穂の生徒手帳は依然、彼女の自宅からも学校からも発見されていない。本人が紛失したまま再交付の手続をとっていなかったという可能性もあるものの、家族の話では普通に所持していたはずとのことだった。

「おそらく犯人が意図的に持ち去ったんだろう。まだ断定できないが、今回、去年の被害者である錫村恭平の生徒手帳がこういうかたちで出てきた事実に鑑《かんが》みれば、新たな犯行への伏線という可能性は、あまり考えたくないことだが、あり得る」

「今回の橋都麻穂のケースも、去年の錫村恭平と同じく、財布など貴重品はまったく手つかずだった。なのに、どうやら彼女の生徒手帳だけを持ち去っている。前回の犯行手口の露骨な踏襲は、我々捜査陣に対する挑発、みたいにも受け取れます」

「通り魔は通り魔でも、強い自己顕示欲の為せる劇場型犯罪、か。あり得る話だ」

「仮に第三の犯行が起こるとして、ですが。江角さん、誰が標的になるか、こちらで予測できないものでしょうか」

「ん。なんだって?」

「犯人は標的を、まったく無差別に襲っているのでしょうか。もちろん、そうかもしれません。が、もしかしたら、なにか犯人なりの基準みたいなものがあって、それに則って被害者を選んでいるのかも」

「そんなこと……いや、まてよ。被害者たちの共通点みたいなものも、なくはないな」

「そうなんです。錫村恭平は殺害当時、中学三年生。いま生きていれば高校一年生です。今回の橋都麻穂は高校二年生と、年齢が近い。些細《ささい》なことを指摘するようですが、ほんとうに純然たる無差別殺人ならば、普通はふたりめの被害者でもう年齢層にばらつきが出そうなものだと思うんです。なのに、そうはなっていない。そしてなんといっても、ふたりとも自転車を走行中に襲われているという事実。これにもなにか、犯人のこだわりと称するのが適切かどうかは判りませんが、意図を感じます。だいたい自転車に乗っている相手よりも、普通に歩いている通行人のほうが襲い易いだろうし」

「いや、そうとも限らんぞ。錫村恭平にはコンクリートブロックを、橋都麻穂には金属バットで、それぞれ投げつけるか、殴りかかるか、している。その手口なら、歩行者よりも自転車で走行中の相手のほうが隙を衝き易いという側面もある」

「それもそうですね」

「ふたつの事件の犯人が明らかに同一人物である以上、手口など事件の特徴が似通ってしまうのはある意味、当然だ。ただ、ほんとうにそれだけの問題なのか、と。犯人がなにか明確な意図や基準をもって犯行に及んでいる可能性は頭に入れておいたほうが、たしかにいいが、しかし、こちらで三番目の被害者を予測する、なんて芸当が、ほんとうにできるのか」

「できるかもしれません。錫村恭平と橋都麻穂、このふたりのあいだにどういう接点があったのかさえ、突き止められれば」

「うむ。なるほど、あれだな。いわゆるミッシングリンク、というやつだな」

「……は？」

聞き慣れない単語に顔をしかめる佐智枝を尻目に、江角は遠慮がちながらガッツポーズじみた仕種で拳を握りしめた。

「こういうコアなミステリ的問題こそ主任のお考えを拝聴したいものだが、まあ、真打ちは最後に登場するものだし、お楽しみは後にとっておくか」

主任て……もしかしてあのお坊っちゃま警部のことを言ってるの？　あんなうすらぼんやりしているだけの男の意見をわざわざ聞きたいっていうの、このひと？

「いや、お楽しみ、なんて言い方は不謹慎《ふきんしん》だったな。すまんすまん。さて、行くか」

もしかして江角さんも……初めて佐智枝の脳裡《のうり》をもやもやと嫌な予感がよぎった。江角さんも、もしかしたらわたしが考えるほど、まともじゃなかったりして。うーん、ま、まあいいや。いまはあまり深く考えずに、聞き込みに専念だ。

あらかじめ〈聖ベアトリス女子学園〉の校長に電話で依頼して、放課後に居残ってもらっていた橋都麻穂のクラス担任や彼女と親しかった同級生たちを順番に応接室に呼んでもらい、話を聞く。質問は主に三つ。橋都麻穂は生前、なにかトラブルに巻き込まれていなかったか？誰かに恨まれるようなことはなかったか？　錫村恭平という〈市立貴泉中学校〉の男子生徒との交流はなかったか？

ほとんどの者が、なにも心当たりがないという主旨の答えを返しながらもいまひとつ自信なげななか、三つ目の質問に躊躇《ちゆうちよ》なく即答した娘がひとりいた。階藤美月《かいとうみづき》という、麻穂と同じクラスだった高等部二年生の生徒だ。美月は高等部からの編入組で、〈市立貴泉中学校〉の出身だという。学年は彼女のほうがひとつ上だが、錫村恭平のことは有名人なのでよく知っていたという。

中等部から〈聖ベアトリス女子学園〉に通学していた橋都麻穂は小学校も錫村恭平とは別々で、互いに面識もなかったと美月は断言した。しかし一般的にも女子高生が、親しい友人にも内緒で他校の男子生徒と交際したりするのはよくあることだ。ほんとうにふたりは知り合いではなかったのかと念を押すと、美月はこう言った。

「だってあのふたりが知り合う機会なんか、ありっこない。麻穂はそもそも野球なんかに興味はなかったし。も、ぜんっぜん」

「でも、野球以外の接点だって、なにかあったかもしれないでしょ?」

女子高生相手なので質問は、もっぱら佐智枝の役目だ。

「ないない。絶対ない。彼の唯一のセールスポイントである野球ですら接点にならないのに、他のことが互いに知り合ったり親しくなったりするきっかけなんかになるわけないですよ。例えば彼が、めちゃくちゃ麻穂のタイプだったとか、そーゆーんだったら話はまた別だけど、錫村くんじゃあねえ」

「好みじゃなかった、と」

「麻穂だけじゃなくて、たいていの女の子はいやだろうなあ、ああいうひと」

「どうして? スター選手だったんでしょ、錫村くんは。彼の活躍で、それまで無名だった〈市立貴泉中学校〉野球部は県大会で初優勝を成し遂げたらしいじゃない」

「そうそうそう、あたしが三年生のときでした。もう投げてよし、打ってよし。決勝戦なんて、前年の優勝チーム相手に、終わってみれば十二奪三振、完封。四打数四安打、一本塁打、二打点で、サイクルヒットのおまけつき。大会通じての防御率ゼロ、打率に至っては七割三分ときちゃう。錫村くんひとりで勝ったようなものですよ。マジですごかった。神がかってた」

紙縒《こよ》りのように細く編んだ長い髪を両耳の後ろで丸めたかたちが、ふたつのハートマークのように見える。佐智枝の眼には少し奇抜に映るその髪形が、小柄で華奢《きゃしゃ》な美月にはよく似合っていて、童顔ながらコケティッシュな魅力を際立たせている。瞳がいまにも3D映画のように飛び出し、こちらへ迫ってきそうなほどきらきら輝いている。色白なせいか、よけいに立体感がある。小悪魔的という月並みな表現が如何にもしっくりきそうな美少女が、一見畑ちがいのようにも思える野球選手の個人成績データをすらすら口にするのはなかなか味わい深い眺めだ。

「ずいぶん詳しいね。ていうか、よく憶えてるね。二年前のことでしょ」

「応援に行きましたから、全校生徒で。いやー、あの大会は、彼のお蔭で全試合、もりあがったこと盛り上がったこと。すぐ横で決勝を観戦してた六十くらいのおっちゃんなんて感極まって、スズムラー、再来年はナントカ高校へ来いー、待ってるぞー、いっしょに甲子園へ行くぞーって大声で叫びまくってた。なに高校だったか忘れたけど、きっとあのおっちゃんの出身校なんだろうね」

「それだけ目立つ存在だったら、さぞかし女の子にも、もてたんじゃないの」

「そう思うよね、この話だけ聞くと。でも実際は、それほどでもなかった。てゆーか、はっきり言って、女の子からは敬遠されるタイプだった。後輩の娘《こ》たちから詳しく聞いたことがあるんだけど、ともかく錫村くんて、クッソ真面目な性格で、面白味のかけらもないんだなこれが」

「真面目なのはけっこうなことじゃない」

「遠くから見る分には、たいへんけっこう。でも近寄ってこられると、ただ重いだけ。実際ね、最初は彼のこと、かっこいいと思って、コクったりした娘もいたみたいなんだけど。彼の反応たるや、固いわ、重いわ、くどいわの三重苦」

「まだ中学生なのに好きだの付き合いたいだの、そんな浮ついた気持ちよりも、いまはもっとよく考えなくちゃいけないことが他にあるだろう、とかなんとか？」

「わ、刑事さん、すごーい。大当たり。まさしくそういう意味のお説教を延々と喰らったその娘、もう辟易《へきえき》してたって。一事が万事、その調子。あたしに言わせれば、真面目っていうより思考停止。なにごとにも柔軟な対応ってもんができない。お父さんが亡くなったときだって、そう。これからは自分がしっかり家族を支えていかなきゃって、それはそれはメロドラマティックな悲壮感に溢れてたって。もちろんその決意自体は立派ですよ。責任感があるのはいいことだ。お母さん、健康に不安をかかえていたらしいし。でもね、臨機応変に周囲に助けを求める姿勢を敢《あ》えて封じ込めるというのは如何《いかが》なものか。まだ中学生だったんだから、おとなに甘えるべきところは、ちゃんと甘えとかなきゃいけないでしょって話」

理路整然とした美月の喋り方に佐智枝は感心した。早熟で艶《なま》めかしい外見に、つい偏見を抱きそうになるが、なかなか頭がいい。考え方もしっかりしている。

「類型的なモラルに雁字搦《がんじがら》めになって、どんどんどんどん、袋小路に自分を追い詰めちゃう。そういうタイプの典型だった」

「そんな性格だから、強豪チームのある私立高校への進学もあっさり諦めた？」

「そういうことだったようですよ。彼ね、特待生なんかで進学するのは絶対に嫌だって周囲に洩らしてたみたい。たとえ野球が志望理由であっても、一般入試で入学しないと不公平じゃないか、と。正論ですよ。ええ、もちろんそれは正論。だけど、なんでそこまで、自らすべてを息苦しくしなきゃいけないのかなあって思う」

「なるほど」

「あたしの個人的見解だけど、錫村くん、仮にお父さんのことがなくても結局、野球は辞めてたと思うな」

「ほう。それはどうして？」

「だって向いてなかったもん、全然」

「それだけ才能があって、しかも実績も残してたのに？」

「たしかに技術や身体能力はずば抜けてたんだろうけど、それだけじゃ駄目ですよ。通用しない。野球に限らずスポーツ選手って、なによりもまずメンタルが強くなくっちゃ。言い方が悪いけど、図太いくらいじゃないと、やっていけない。錫村くんみたいに、悪い意味で生真面目一辺倒だと、勝負の世界では絶対に精神的優位には立てない。一昨年の県大会のように一度や二度はごまかせても、いずれは打たれ弱さを曝《さら》すだけ」

「なかなか含蓄があるわね。要するに錫村くん、野球にしても、調子のいいときは超人的な結果を出すけれど、一歩まちがえると、思考停止に陥って適正な対応ができず、すべてを台無しにする。そういうネガティヴな側面を女の子たちから見抜かれていた、ってことね。だから、もてなかった」

「まさしくそういうことです。それでもまだ野球そのものに興味があれば、あるいは錫村くんを追っかけたりする女の子も現れてたかもしれないけど。麻穂はなあ。もしも追っかけるとしたら、ジャニーズ系アイドルのほうだよね。どう考えても、錫村くんと個人的に知り合う機会なんてなかった。仮になにかあっても絶対、親しい関係になんか発展していなかったはず。これ、断言できます」

「橋都さんが個人的に付き合っていた他校の男子生徒とか、いなかったのかしら」

「もしも麻穂に彼氏とかいたら、多分あたしでも知ってたんじゃないかな。あたし、麻穂からその類いの打ち明け話をされたことはないんだけれど、たとえ本人が周囲に秘密にしてるつもりでも、みんなに筒抜けだったはず。隠しごとは、あんまりじょうずじゃなかったから」

美月以外の他の同級生たちからも話を聞いてみたが、これといった成果は得られなかった。ただ生前の麻穂が教師相手でも遠慮も物怖じもせず、なんでもずけずけ本音を吐露する性格だったという証言が複数、得られただけ。

応接室を出て玄関へ向かおうとしていた佐智枝と江角に、ひとりの女性が歩み寄ってきた。「すみません、川原《かわはら》ともうしますが」と頭を下げる彼女は〈聖ベアトリス女子学園〉の教諭だという。担当は社会科。佐智枝と同年輩で、地味な色合いのパンツスーツに身を包んだその姿は、無骨なフレームのメガネや素っ気なく後頭部で束ねただけの髪形なども相俟《あいま》って、ひどく禁欲的に見える。すっきりとかたちのいい鼻梁など磨けばいくらでも光りそうな造作だが、己れを飾りたてようという発想が微塵《みじん》もないようだ。それどころか、むしろ逆向きの努力をしているふしすら窺える。無駄に男たちに近寄ってきて欲しくないんだな、と佐智枝は直感した。彼女、きっと自分と同類だ。

「実は橋都さんの件と関係あるかどうかよく判らないので、お話しすべきかどうか、少し迷ったのですが」

「気になることがあったら、なんでもかまいません、おっしゃってみてください」

「それでは、どうぞこちらへ」

ふたりが案内されたのは南校舎の二階にある職員室だった。校庭を挟んで南校舎が高等部、北校舎が中等部のクラスに分かれているらしい。

川原教諭は南に向いた窓へ歩み寄り、校舎の前の並木道を示した。「ちょっと斜め前。あそこのビルの三階部分に、喫茶店があるんですが」

佐智枝と江角は女性教諭が指さす方向を見た。雑居ビルの三階部分にガラス張りになった店舗がある。〈ふぇるまあた〉という看板にコーヒーカップのマーク。

「実は、連休明け頃からだったかしら、今年の五月から七月半ばの夏休み直前にかけて、あの店の窓際の席に、いつも同じ男が陣どっていたんです。ずっと外の景色を観察する感じで」

「ほう」江角は聞き捨てならないとばかりに窓ガラスに鼻面をくっつけた。「なるほど、あそこの席からなら、学校の様子がよく窺えそうだ」

「ただ当初、わたしは彼のことを特に不審人物だとか、思ってはいなかったんです。単なる常連客で、よほどあの席がお気に入りなんだろうな、としか」

「それはなにか理由でも?」

「彼の顔がいつも少し横、つまり校舎の外の西側のほうを向いていたからです。学校そのものの様子を窺っているようには見えませんでした。もしも彼の視線が明らかに校舎のほうに据えられていたとしたら、わたしも早めに校長か事務長に報告していたのですが」

「その男、いまも？」

「いいえ。二学期になってからは、まったく姿を現さなくなりました」

「では、先生がいまになってその男を不審に思うようになったのはなぜです」

「お手数ですみませんが、実際にあの店へ行って、説明させてください」

三人は校舎を出た。並木道の横断歩道を渡り、雑居ビルへ向かう。〈ふぇるまあた〉に入ると、店内は空いている。問題の窓際のテーブルについた。

「ご覧のように、ここから学校の西門、そして東側に位置する通用門が見通せます。しかしその男は、わたしがいつ見ても、どちらにも注意を払っていなかった。彼が見ていたのは、こちらの方向です」

川原教諭が指さしたのは、細い一方通行の道路を挟んで校舎の西側にある敷地だ。かなり広い。四階建てくらいの高さの大きな倉庫のような建物が、塀に取り囲まれている。

「あれはうちの第二体育館です。体育の授業ではなく、主に体操部などのクラブ活動の練習に使用されますが、ご覧になってお判りのように、ここからその内部の様子を窺うことはできません。ですから問題の男が体操服姿の女子生徒を覗いたりしているわけではないことは、わたしにも判っていました。が、ある日たまたまお店に入って、なにげなしにこの席に座り、外の風景を眺めているうちにふと気がついたんです。しばらくご覧になっていてください。わたしがなにを言いたいか、すぐにお判りになると思います」

佐智枝と江角はしばらく、じっと女性教諭が示すほうを凝視していた。すると校舎と第二体育館のあいだの一方通行の道路に、制服姿の女子生徒が数人、現れた。談笑しながら校舎から第二体育館へと、歩いて移動する彼女たちの姿は、現れたときと同様、すぐに視界から消える。

「問題はここからです」

川原教諭は、第二体育館の敷地の西の端を示した。佐智枝と江角の視線もその指の動きを追う。すると今度は、自転車に乗った女子生徒たちが現れた。さきほど一方通行の道路を渡ったばかりの彼女たちと同一グループだとすぐ判る。女子生徒たちは自転車に乗り、校舎と雑居ビルのあいだの道路へ出てくると、佐智枝たちの視線が注がれるなか、東の方角へと走り去っていった。

「塀に囲まれているので外からは見えませんが、あの第二体育館の一階部分はピロティ駐輪場になっているんです、高等部の生徒専用の」

「つまり、こういうことですか」佐智枝は慎重に言葉を選んだ。「自転車通学をしている高等部の生徒が、いつ登校して、いつ下校したか、外部の人間が把握しようと思えば把握できる、と。この席に座って、見張っていれば？」

「そのとおりです。校舎から駐輪場へ移動する生徒の姿をこの席から捉えられるのはほんの一瞬なので、まさかそんな効率の悪い覗き行為に及ぶ不心得者はおるまいという固定観念がこちらにはありました。が、例えば、ある特定の高等部の女子生徒の動向を調べたいと思った人物がいるとします。その対象が自転車通学していると判れば、こうしてこの席で、彼女がいつ下校するかを把握するのは簡単なんです。その気になれば、対象が校舎から第二体育館へ移動したと見るや、すぐさま店を出て、下へ降りてゆき、駐輪場の西側の出入口から自転車で出てくる彼女をこっそり尾行して自宅を突き止める、そんなことだって可能です」

佐智枝は江角と顔を見合わせた。

「思い起こしてみれば、問題のその男がこの席に座っていたのは、いつも午後三時以降、つまり生徒の下校時間帯のみだった。ランチタイムなどに見かけたことは一度もありません。いまさらながら、考えれば考えるほど不自然です。橋都さんが自転車で走行中に襲われたと知って、なおさら気になって――」

「ちょっと失礼」

江角は立ち上がった。カウンターの向こう側にいた従業員に身分を明かし、今年の五月から七月にかけて、いつも窓際の席に陣どっていたという男の客について聞かせて欲しいと頼む。しかし午後三時という時間帯に接客しているのは主に学生アルバイトで、しかもしょっちゅう顔ぶれが変わるという。現在その男は来店していないとなると、なおさら判らないとの答えだった。

「――川原先生は」雑居ビルの階段を降りながら江角は訊いた。「その男の外見的な特徴とか、なにか憶えておられますか」

「なにぶん遠目だったので自信はないのですが、そうですね、歳《とし》は五十か、六十くらいかな。

小柄だけど、わりとがっちりとした肉体労働系の。あ、そうそう、いつも同じ野球帽を被ってました。わたし、詳しくないんですけど、多分、在京プロ球団の」

「野球帽……」

校舎へ戻ってゆく川原の後ろ姿を見送りながら、なぜか佐智枝は胸騒ぎがした。

「江角さん、もしかして――」

佐智枝は口をつぐんだ。並木道の向こうから〈聖ベアトリス女子学園〉の制服姿の娘がひとり、近寄ってくる。見ると、さきほど事情聴取したばかりの階藤美月だ。

「あら、どうしたの」

「麻穂のことで、ちょっと憶い出したことがあって、あの――」ちろりと江角のほうへ流眄《りゅうべん》をくれる。「できれば、その、則竹さんにお話ししたいんですけど」

男性がいると話しにくい内容かと気を回して、「あ。じゃ、おれは先に本部へ戻ってるから」と江角は足早に去っていった。

「――で？」

「あたし、もしかしたら麻穂を殺した犯人、知ってるかもしれない」

「なんですって」

「ここじゃ話しにくいので」と美月は近所の児童公園へ佐智枝を案内した。ベンチに自分の手提げ鞄を置くと、悪戯《いたずら》っぽい笑みを浮かべ、にじり寄ってくる。

「犯人を知ってるかもしれない、って、どういうこと？」

「あのう、その前に、則竹さん」美月は上眼遣いに両手を差し出してきた。「握手してもらえませんか」

「……あ?」

「下のお名前、佐智枝さんでしたよね。佐智枝さん、すてきです。すっごくすてき。それに、かっこいい。いますぐ刑事ドラマのヒロイン、演《や》れるよね。だって本物だし」

呆気にとられるあまり佐智枝は、うっかり差し伸べた右手を美月に両手でがっしり握りしめられていることにやっと気づいた。

ちょうどそこへ同じ〈聖ベアトリス女子学園〉の制服姿の娘が数人、通りかかった。手をつないでいるふたりに気づき、みんないっせいに大騒ぎ。

「わー、こら、美月ったら。昼間っから。だいたーん」

「なにやってんだ、美月ったら。昼間っから。公共の場だぞ」

「この浮気者お。おい、はらっち、ひと筋じゃなかったのかよ」

「先生は先生」美月は動じず、のほほんと切り返した。「このひとは、このひと」

ひゅうひゅうさんざん囃《はや》し倒しておいてから、制服姿の一行は無邪気に笑いさんざめき合い、公園から出ていった。

「あの……はらっち、って? 誰?」

「社会の川原先生です。あたしの大好きな、おねえさま」

その先生ならいま会ってきたところだと、うっかり口が滑りそうになった。頭がくらくらしている佐智枝の手を美月はがっちりと万力さながらに押さえ込み、なかなか離してくれそうにない。無邪気な笑顔が、いまにもこちらの全存在を呑み込みそうな眼ぢからとともに迫ってくる。が、美月の口調と声音は先刻の学校の応接室でのやりとりの際とは打って変わって、甘く蕩《とろ》けるようだ。

「佐智枝さんも、あたしのおねえさまになって」

「あ、あのね、もうしわけないけど、いま勤務中なのねわたし。判る?」

「おねえさまになってくれなきゃ、麻穂のこと、話してあげない」

「仲良くするのか、しないのか、どちらにしても」きっ、と佐智枝は半眼で睨み、美月の手を振り払った。「そういう脅しめいたやり口は気に入らないね、わたしは」

「あ……あ、あ、あ、あああッ」

自分の胸を掻きむしるかのような祈禱《きとう》のポーズで、いまにもその場に崩れ落ちそうになる美月の頰は、急に発熱でもしたみたいに朱に染まった。息が切れ、瞳がうるうる、潤《うる》みきっている。

「ど、どうした」

「すてき、ああ、その眼、すてき。怖くて、とってもすてき。その眼でもっと、もっと、美月のこと、叱って」

「あのねえ、怖いと思うんなら、さっさと話すべきこと、話してちょうだい。だいたい、なんだよ、怖くてすてき、って」

「あたし、Mなんです。もうドの付く。佐智枝さんのようなすてきなおねえさまに、めちゃくちゃにして欲しいの」

いやいやいやいや、あんたはSのほうだろ、どう見ても。それもドの付く。うっかりそう口走りそうになって、佐智枝は苦笑するばかり。

学生時代からナンパされやすい質《たち》で、それは自分の人生やキャリアにはなんのプラスにもならないと判断した佐智枝は、これまで意識して鉄の女を演じてきた。お蔭で現在、男たちにとってかなり近寄り難いオーラを全身に纏《まと》えている自信があるが、まさか対同性向けの防御策まで必要だとは予想していなかった。完全に不意打ちだこりゃ。

「はっきり言っとく。わたしは、あんたのおねえさまとやらにはなってあげないし、めちゃくちゃにしてもやらない。けれど、橋都さんのことは、きっちり話してもらう。さあ、どうなの」

へたに凄味を利かせても美月を悦ばせるだけだと即座に学習した佐智枝は、せいぜい素っ気なく促したつもりだったが、これもまた逆効果だったようだ。

「んもー、つれないのね、佐智枝さん。でもね、でもね、そのつれないところがね、とってもいいの」うふ、うふ、羞《は》じらいながら、はしゃぎまくって小躍りしている。「女教師と女刑事のダブルおねえさまの夢を諦めるわけじゃ決してないけれど、とりあえず麻穂のことは話します」

「よし。あなたが犯人かもしれないと疑っているのは、どこの誰？」

「そのひとの名前は判らないんだけど、実はこういうことがあったんです」

美月によると、それは今年の四月の出来事だったという。新年度が始まったばかりのせいか、生徒たちは校内外問わず、妙に浮かれた雰囲気に包まれていた。

ある日の下校中、美月は繁華街のアーケード内をひとりで歩いていた。すると〈聖ベアトリス女子学園〉高等部二年生の同級生たち数人が、みんな自転車に乗って、彼女を追い越していったのだという。

「かなりスピードを出してて、互いにお喋りに夢中で、誰もあたしに気づかないようだった。そのなかに麻穂もいたんです」

「ちょい待ち。アーケード内？」佐智枝はその商店街の名前を確認した。「そこってたしか、自転車走行は厳禁のはずでしょ」

「そうだけど、誰も守ってませんよ。うちの生徒に限らず、老若男女、ルールとマナーに従って自転車から降り、ちゃんと押してるひとなんて、少なくともあたしはひとりも、見たことない」

「やれやれ。そんなんで万一、事故を起こしたりしたら」

「実際、起こしそうになったんですよ、そのとき、麻穂が。前から歩いてきたおっちゃんに、ぶつけそうになって」

「おいおい。先方は避けられたのか、ちゃんと」

「一応。急ブレーキの音がすごかった。アーケードじゅうに響きわたって。ほんと、ひやっとしました。なにしろみんな、フルスピードでペダル、漕いでたから。あれでぶつけてたら、ただじゃすまなかった」

「まあ、なにもなくてよかった」

「いや、あったんですよ、その後。急停車できてホッとした反動だったのかなと思うんだけど、麻穂がむちゃくちゃ怒り出したの、そのおっちゃんに」

「怒り出した？　って、自分が危うくぶつけそうになった相手に？」

「そっちがよそ見してるから悪いんだ、なにかあったらどうしてくれる、って、ヒステリックに。しかも、かなりしつこく」

「そのおじさん、どうしたの。そんな、いきなり逆ギレされちゃって」

「ぎゃんぎゃん喚かれて辟易したんでしょうね、無言で立ち去ったんだけど、無視されたとでも思ったのかな、麻穂ったらさらにエスカレートして。そっちの落ち度でも、ぶつかって怪我されたら、賠償金、払わなきゃいけないの、こっちなんだからね、って。それがまた大きな声だから、離れてゆくおっちゃんにも丸聞こえなの、明らかに。ちょっとやばいんじゃないと他のみんなも焦ったのか、まあまあ、そのための保険じゃない、とかなんとか、麻穂をなだめて」

「保険？　て、実際に入ってたの、橋都さんは」

「あ。うちの学校、みんな、入らなきゃいけないことになっているんです、自転車事故の賠償保険に」

「へえ、そうなんだ」

「三年か四年くらい前かな、あたしが高等部に編入する前の話らしいんだけど、うちの生徒が自転車をお婆さんにぶつけて、大怪我させてしまったんですって。治療やリハビリの費用で一千万円単位のお金が必要になって、その生徒の家族もたいへんだったとか」

「そういや最近、多いって聞くね、自転車事故」

「それ以前から中高生の自転車走行マナーの欠如が問題視されていたこともあって、ニュースでも大きく報じられた。深刻に受け止めた学校は、生徒の自転車保険加入を義務化したというわけです」

「なるほど、いいことだ」

「で、そろそろ話の結論が見えてきたと思うけど、もしかしたら、あのときのおっちゃんが、麻穂を殺したんじゃないか、と」

「どうしてそう思うの。危うく自転車でぶつけられそうになったうえ、反省の色もなく暴言を吐かれたから？」

「かもしれないな、と——ん」美月は首を傾げた。「そのとき麻穂といっしょにいた娘たちも今日、応接室に呼ばれたみんなのなかにいたはずだけど、誰かこのことには？」

「触れなかったね。誰も憶い出さなかったのか、それとも、まさかそんなことでひとを殺さないだろうとでも思ったのか」

「それはちょっと想像力が足りない、ていうか、人間の怒りや恨みを過小評価してるね。世のなか、どんな危ないやつがいるか、判ったもんじゃないのに」

「それ、四月の出来事だって言ったわね」

「うん」

仮に美月が言うところの「おっちゃん」が〈ふぇるまあた〉で女子生徒たちの動向を観察していたという男と同一人物だとすると、危険走行で危うく激突されそうになった自分を理不尽に罵倒した娘の素性を探るための調査を五月から七月にかけて行っていた、ということだったのかもしれない。

「そのぶつけられそうになったという男の特徴、詳しく教えてくれる」

「詳しく、って、えっとお、うーん、そうだなあ、ぱっと見、ガテン系のおっちゃんて感じだった。歳は五十か、六十くらいで。野球帽、被ってたっけ」

「ガテン系で、五十か六十くらい、で、野球帽と」

「ちょっとステレオタイプだけど、昼間っからワンカップ呷《あお》って競馬新聞を読んでる、みたいな。いや、ほんとにそうしてるって意味じゃなくて、あくまでもイメージ的に」

速断は絶対禁物だが、これはかなり有力な容疑者候補かもしれない。それに自転車のこともある。被害者がふたりとも走行中に殺害されたという事実は、もしかしたら捜査陣が考える以上に重要なのかもしれない。すなわち犯行動機に鑑みて。

「どうもありがと。参考になったわ」

「あ、佐智枝さん。待って」美月は慌てて、ベンチに置いてあった手提げ鞄から、なにやらチラシのようなものを取り出した。「はいこれ。うちの学校の文化祭、いよいよ明後日《あさって》なんですよ。麻穂の事件があったから中止になるらしいって噂だったんだけれど、それは却って逆効果じゃないかと理事会が判断したんだって」

「まあ、いろいろ難しいところだよね、学校側としては」

「それに、もしかしたら開催日当日までに事件が解決されちゃうかもしれないし」

「そうなるよう我々もがんばらねば」

「あ、いいこと考えた。ね、ね、もし明後日までに事件を解決できたら、佐智枝さんも文化祭に遊びにくるって、約束してください。お願い」

たとえ解決しても調書などの事後処理で手いっぱいだからそんな暇はない、などと身も蓋もなく断るのも野暮だ。いろいろ情報提供してくれたお礼の意味も込め、佐智枝としては精一杯の愛想笑いを浮かべた。

「うん、そうだね。もしもほんとうに明後日までに犯人を検挙できたら、ね」

「わーい、嬉しいッ。ほんとにほんとに約束ですよ。じゃあこれ、あたしたちの同好会のイベント内容、詳しく書いてあるので、ぜひぜひ。ね、ね、絶対に明後日までに犯人、逮捕してね、約束よ、おねえさまッ」

どさくさまぎれの「おねえさま」呼ばわりもなんとか寛恕《かんじょ》して、パソコンで手づくりしたとおぼしきチラシを受け取り、佐智枝は美月と別れた。

アーケードか。そういえば、橋都麻穂が四月に自転車トラブルを起こしたという商店街は、ここからすぐ近くだ、と佐智枝は思い当たった。本部へ戻る前に、ちょっと寄ってみよう。

行ってみると、先ず目に入ってくるのは大振りの立て看板だ。『車輛進入禁止、自転車からは降りましょう、アーケード内走行は道路交通法違反です』と記されている。にもかかわらず、まさにさきほど美月が言っていたように老若男女、みんなその警告を無視して自転車ですいすい、ひらひら、アーケード内を走り回っている。やれやれ。

「……ん？」

嘆息した拍子に、ふとその姿が視界に飛び込んできた。捜査主任の音無警部だ。ゲームセンターの前で佇み、なにやら店舗内をじっと覗き込んでいる。

なにしてんだろ、あのひと？　自分も聞き込み中のはずでしょ、ったく、ぼんやりしちゃって。音無に歩み寄ろうとして佐智枝は、はっと足を止めた。どきんと心臓が跳ね上がって、一瞬、呼吸ができなくなる。

あ、あれれ、あのひとって、ほんとに主任さん……？　まるで別人のように神秘的な雰囲気漂う音無の横顔から、佐智枝は目が離せない。普段の彼とは全然ちがう、慈愛めいて包容力に満ちた澄んだ眼差《まなざ》し。なんだろう、これっていったい、なんなんだろう。音無の佇む未知の空間に吸い込まれるかたちで自己存在すべてが霧散しそうな錯覚とともに、気が遠くなりかける。

はっと我に返ったとき、佐智枝は恋に落ちていた。まぎれもなく音無と。や。や、やだやだやだ、なにこれ。なんなのこれ。こんなの嫌だ。だめだこれは、わたしじゃない。こんなの断じて、わたしじゃない。そう焦れば焦るほど胸は甘く切なく、ときめいてゆく。

そうか、こ、これか、俗に言う天使の弓矢で心臓を射貫《いぬ》かれる感覚って。くそ。わたしとしたことが。

たことが、一生の不覚。よりにもよってあんな、顔がきれいなだけで頭の悪そうな。で、でも、ちがう。ちがうよね？　今日の主任さんて、普段の彼と明らかにちがう。けれど、いったいどこが、どんなふうにちがうのか、よく判らない。こんなにもちがっているのに、なにがなんだか全然判らない。どうなってんのよいったい。

ふらふらっと己れの意志に反し、足が勝手に動く。音無に歩み寄った。そんな佐智枝に気づかないのか、彼はじっとゲームセンター内を見つめ続けている。

なにをそれほど熱心に見てるのかしら……佐智枝は音無の視線を追ってみた。そこにあるのは、なんの変哲もないクレーンゲームの機械だけ。学生とおぼしき男女グループがゲームに興じている。もしかしてあのなかに気になる人物でもいるのかしら。そう首を傾げる佐智枝は、よもや音無がゲーム機のなかの景品である動物のぬいぐるみに見入っているのだとは夢にも思わない。

どれくらいのあいだそうやって、ふたり並んで無言で突っ立っていただろう。「あ。則竹さん、いらっしゃったのですか。いかがでしたか、首尾は」と少し狼狽気味の音無に声をかけられる頃には佐智枝も、いくぶん自分を取り戻していた。クレーンゲームから目を離した音無は、いつものおっとりとした、育ちのよさげな物腰だ。

「——というわけで、その自転車トラブルの恨みが犯行動機という可能性も、あるいは検討の余地ありかな、と」

ふたりで歩いて本部へ戻る途上、佐智枝は階藤美月と川原教諭から得た情報を音無に詳しく説明する。

　このままずっと、ふたりでいっしょに歩き続けられたらいいのに、そんなふうに思っている自分に気がつき、佐智枝は激しい自己嫌悪に陥った。一旦転げ落ちてしまうとなかなか這い上がってこられないのが恋という病の厄介なところだ。どうしちまったんだわたしは。男なんか自分の人生に必要なかったはずなのに。あ。もしかして、さっきの階藤美月のおねえさまおねえさま攻勢の毒気にあてられて、頭が変になっちゃったんじゃないかしら。かもしれない。ていうか、我ながら、そんなことくらいしか合理的説明を思いつかないよ、このご乱心ぶりには。

「自転車トラブルの際、橋都麻穂は制服を着ていた。ネクタイの色から高等部の生徒だと見当をつけたその男は、約二ヵ月かけて駐輪場を見張る。そして下校する橋都麻穂を尾行して自宅を突き止め、犯行の機会を窺っていたのでしょう」

「つまり通り魔による無差別殺人ではなく、ちゃんと動機があった、と。なるほど。その橋都麻穂のケースと同様、他人から恨みを買うようなタイプではないと思われていた錫村恭平も、実はその男と、なにか似たようなトラブルをかかえていたのではないか、というわけですね」

「そうです。こう考えると被害者の年齢層が重なっているのはある意味、自然な成り行きかも。自転車の危険走行に年齢性別は関係ないとはいえ、やはり中学生や高校生が多いでしょうから。さきほどのアーケード内でも、あんなに大きな看板で警告されているのに、まったくおかまいなし」

「仮にそれが犯行動機だとすると、こういう言い方が適切かどうか判りませんが、事件の構図自体は非常にシンプルです。となると凶器に自分の指紋を残していったり、被害者たちの生徒手帳をリレーするかたちで持ち去ったり、そんなややこしい真似を犯人はわざわざしなくてもよさそうなものなのに」

「そうなんですよね。例えば、これは自分の仕業だと誇示したいのなら、敢えて指紋なんか残す必要なんてない。マスコミ向けに犯行声明でもなんでもやればいい」

「橋都麻穂の生徒手帳を持ち去っていることにしても、次の犯行予告のつもりかもしれないが、どうも迂遠《うえん》ですよね。もっとストレートな方法がいくらでも――」ふいに音無は口籠《くちご》もった。

「……おかしいな」

「なにがですか?」

「錫村恭平が殺害されたのは去年の九月、最初の金曜日でしたよね。その際、犯人は被害者の生徒手帳を持ち去った。それはいったいなんのためだったのでしょう?」

「次の犯行予告――」口にした途端、佐智枝は猛烈な違和感に襲われた。「……のはずはない、ですよね。だってその段階で、いずれ近い将来、自分がまた誰かと自転車トラブルに巻き込まれる、なんて犯人に予測できたはずはないんだから」

「まさにおっしゃるとおりです。仮に錫村恭平の生徒手帳を持ち去った理由が、次の犯行の伏線のつもりだったのだとしましょう。しかし、ではなぜ、ふたりめの橋都麻穂を殺害するまで一年余りも空白期間があったのか。もしかして犯人は、自分が新たに自転車トラブルに巻き込まれるのを、じっと待っていた? のだとすると、なんともおかしな話ではありませんか。厳密には犯人が橋都麻穂に初めて邂逅《かいこう》するのは錫村恭平殺害から約七ヵ月後ですが、それにしても、ね」

「たしかに。もしかして当初、犯人は錫村恭平の生徒手帳を全然ちがうやり方で利用するつもりだった、とか？　例えばそれを自分とは別人の所持品に紛れ込ませることで証拠品として偽装し、その人物に罪を被せようとした。しかしどうもうまくいかなかったので、今月になるまでそのまま持っていた」

「あり得る話ですが、しかしその役に立たなかった錫村恭平の生徒手帳を、今回わざわざ橋都麻穂の手提げ鞄に入れていったのは、なにか再利用の方法を思いついた、ということなのでしょうか。具体的にその方法がなにかはさて措き——あの、ところで、則竹さん、話が変わって恐縮ですが、なにを持っておられるんです？　それ」

「え？　あ、ああ、これですか。なんでも明後日、〈聖ベアトリス女子学園〉では予定通り、文化祭が開催されるらしくて」と美月とのやりとりを簡単に説明し、音無にチラシを手渡した。

『わたしたち、テディベア愛好会です』とのその見出しに音無の眉が、ぴくりと微妙な動きを見せたが、「いくらなんでも明後日までに、ってのはねえ」と苦笑いしている佐智枝はそれにまったく気づかない。

『わたしたちのサークルは、チャリティオークションを開催します。会員秘蔵の超（ある意味）レアものクマちゃんたちが登場。某有名チョコレートメーカーのバレンタインデイやハロウィン記念グッズ（みんなイベントに合わせてコスプレしてるよ）の数々や、世界中のファンが黄色があたりまえだと思い込んでいるあのディ○ニーキャラクターを敢えて白でお贈りする（しかも可愛い親子ペア！）某貴金属ブランドの限定品など、お楽しみがいっぱい。シュタイフなどの有名品、高級品は今回はないけれど、正真正銘の激（ある意味・笑）レアものクマちゃんたちが大集合するよ。あなたの一生のお友だちを、ぜひここで見つけてね。参加ご希望の方々は、開催前日までに下記にて整理券をゲットだ』

「明後日までに絶対、犯人を逮捕して、文化祭に来てください、なんて。まあお気楽に言ってくれますよ。もちろん早期解決に越したことはないわけで、わたしだって、できるものならばそうしたいのはやまやや――」

「則竹さん」

ふいに発せられた音無の、これまでの人生で一度も聞いたことがないような凛乎《りんこ》とした声音に、佐智枝は驚いた。胸が高鳴る。

「我々は一刻も早く、この犯人を逮捕しなければなりません」

「はあ？　そ、それは、はい、もちろん」どきどきしながらも、なにをいまさらと面喰らうという、なんとも奇異な体験に、いろんな意味で己れを見失いそうになる。「はい、もちろんそれは、そのとおりです、が」

「さきほどの疑問の数々が解けました。この犯人、実は逮捕されたがっている」

「逮捕……え、されたがっている？」

「指紋、そして被害者の生徒手帳。これらは犯人が遠回しに我々に送っているメッセージなのです。すなわち、早く自分を捕まえてくれ、という」

「あの、主任、それって、挑発とはまたちがう、という意味ですか。つまり、捕まえられるものなら捕まえてみろ、みたいなあれではなくて――」

「ちがいます。明らかにちがう。犯人は早く自分のことを逮捕して欲しいのです。だから橋都麻穂の生徒手帳を持ち去った」

「え、ど、どういうことです」

「早く自分を捕まえないと、三番目の犠牲者が出るかもしれないぞ、と。犯人は暗に我々を急かしているのです」

いつもの、どちらかといえば茫洋とした物腰は微塵もない。一歩まちがえれば尊大に聞こえかねないほど自信満々に断言する。佐智枝は呆気にとられながらも、そんな音無の口吻《こうふん》に聞き惚れてしまった。

「三番目の標的が目をつけられる前に、犯人の素性を特定しましょう」

「えッ」うっとりしながらも佐智枝は、さすがに仰天してしまった。「そ、そんな、どうやって？」

「いいですか、則竹さん。これからわたしの言うとおりにしてください」

はい、なんでもいたしますわ、あなたのためならば、この身も心もお捧げいたしますと本気で口走りそうになっている自分が怖い。乙女かおまえは。こ、これというのも、あの階藤美月に調子を狂わされたせいだと八つ当たり気味の佐智枝は、次の音無の言葉で少し理性を取り戻した。

「いいですか、これから市内の病院をかたっぱしから回ります」

「え、びょ、病院？」

「去年、錫村恭平が殺害された日に、市内の病院へ、自分の足で向かったか、もしくは救急車で搬送された怪我人がいるはずです。その身元を突き止めます」

「あの、えと、怪我人、て具体的にはどういう？」

「本人がどういう自己申告をしているかは判りませんが、もしかしたら轢《ひ》き逃げされた、もしくはそれに準じた事案を申し立てているかもしれません」

「あのう、主任、もしそうなら、交通捜査課に問い合わせたほうが早いのでは」

「あ、そうですね」音無は携帯電話を取り出した。「みんなで手分けしましょう。江角さんと桂島くんにも病院をかたっぱしから回ってもらいます。今日じゅうに、いいですか、則竹さん、今日じゅうに我々は、犯人を逮捕しますよ」

——数時間後、音無のその宣言通りになった。

＊

逮捕されたのは箕原龍大《みのはらりゅうだい》という六十四歳、現在無職の男だった。

箕原は昨年の九月、最初の金曜日、朝七時頃、市民病院の救急外来へ現れた。頭部が血まみれで、上着がところどころ裂けていた。散歩中に転んだということだったが、傷の形状や深さに不審を覚えた医師が警察に通報。しかし事情聴取されても箕原は言い分を変えず、結局うやむやになったという。

江角と桂島から携帯電話でその情報を得た音無は佐智枝を伴い、箕原がひとりで住んでいる市内の一戸建て住宅へ向かった。警察で現在捜査中の事件について話を聞きたいと来意を告げると、出てきたのは小柄でがっしりした体躯《たいく》の男だった。酒焼けとおぼしき赤銅《しやくどう》色の肌に、不精髭の白さがめだつ。

去年、病院で頭の怪我の治療を受けた経緯と、今月、自転車で走行中の女子高生が殺害された日のアリバイについて訊きたいと音無が直球で告げると、箕原は、ちょっと待っていてくれと言い、一旦奥へ引っ込んだ。逃走を警戒し、佐智枝は素早く家屋の裏へ回り込んだが、結局杞憂だった。

再び音無の前に現れた箕原は、「これを」となにかを差し出した。見ると〈聖ベアトリス女子学園〉の生徒手帳だ。橋都麻穂のものだった。「すべてわたしがやりました」と両手を差し出し、頭を深々と下げた箕原の緊急逮捕によって事件は全面解決する。

錫村恭平殺害、橋都麻穂殺害、両方の容疑を認めた箕原は取り調べにも素直に応じた。終始、至って淡々とした口ぶりで。

「——そもそもは去年、九月のあの日、自転車で登校中の錫村恭平と河川敷で遭遇したことから始まったんです。すべて。あの日、わたしは朝まで飲んだ帰りで、ちょっと休んでいこうと、遊歩道にひっくり返り、とろとろ眠り込んだりしていた」

箕原は、いまは退職しているが、昔、地元のガス会社に勤めていて、配管工事などの仕事をしていたという。妻帯したことはなく、数年前まで両親と実家で同居していた。父親と母親が相次いで死去してからは、ずっと独《ひと》り暮らしだという。

「相続手続とか遺品の整理とかでとりまぎれているあいだはよかったが、とうとう独りぼっちになっちまったんだと思うと、ひどく寂しくってね。毎晩のように飲み歩いては、外で眠り込むこともしばしばだった。あの日もそうだったんですよ。早朝、ひとけのない遊歩道を独り占めする気分で仰向けに寝転び、うとうとしていた。そこへ、なにか気配を感じて、上半身を起こそうとした。と同時に、ものすごい衝撃で頭が真っ白になって。眼から火花が散ったみたいだった。なにが起こったのか、最初はさっぱり判らなかった」

起き上がろうとした自分の腹部へ、自転車の前輪が突っ込んできたと認識した途端、激痛が全身を回った。が、それ以上に驚いたのは、顔面蒼白になって自転車から降りてきたのがあの錫村恭平だったことだった。

「後から思えば、彼は多分、寝転んでいたわたしの姿には、衝突する直前まで気がつかなかったんでしょう」

「するとあなたは、錫村恭平のことを知っていたのですね？」

「もちろん。一昨年の県大会のときも応援にいきましたよ。決勝戦は興奮したね。高校はどこへ行くのか、気になってしょうがなかったが、その錫村くんが目の前にいる。夢を見てるのかと一瞬、本気で疑いましたよ。しかしこの激しい痛みは、どうやら夢なんかじゃない。しばらく、ただ茫然としていた、二重の意味で」

「錫村恭平は、どうしました」

「おろおろしていてね。だいじょうぶですかって訊くから、だいじょうぶって答えてやりたかったけれど、残念ながら、だいじょうぶじゃない感じだった。背中を丸めて、のたうち回るしかなかった。このときの記憶はだいぶ混乱していて、なにがなんだか判らないうちに、はっと我に返ると、頭を殴られていたんだ、コンクリートブロックで」

「コンクリートブロックで。誰に？」

「錫村くんしかいないでしょ。さっきまで青い顔してた彼がいきなり、赤鬼みたいに血相を変えて、コンクリートブロックを振り回してくる。何度も言うようだけれど、そのときはいったい、なにがなんだか判らない。逃げようとしたが、腰が抜けて思うようにならない。無我夢中で錫村くんにむしゃぶりついているうちに、気がついたら、彼がそこに倒れていた。頭から血を流して」

「あなたが殴り返した、ということ？」

「多分。コンクリートブロックをなんとか奪おうとした拍子に殴りつけたか、それとも、どちらかの手からすっぽ抜けたのが彼の頭を直撃したか。決して言い訳するわけじゃないが、詳しくは判らないんですよ、いまでも。ただ、そのときは錫村くんが死んだとは思わなかった。ともかく、これでとりあえずこの場から逃げられる、そんなふうにしか考えられなかったんだ、とっさには」

「そして市民病院へ駈け込んだ？」

「散歩中に転んで怪我をしたということにしたんだが、不審に思われたんだろう、警察が来て。よっぽど正直に打ち明けようかとも思ったが、錫村くんに殴られたなんて、わたし自身、そのときはなかなか信じられない、というか、受け容れられないことだったから。へたなことを口走って、将来のある彼に迷惑をかけてはまずいという気持ちもあった」

「彼の生徒手帳を持ち去ったのは、どうしてです」

「これもよく憶えていない。が、倒れた彼のすぐ足もとに落ちているのを見て、とっさに拾ったんだ。思うに、例えば後からこの件が警察沙汰になったりしたときに、暴行は事実無根だと彼にしらばっくれられたりしたらやっぱり困るから、こうしてなにか証拠になるものを押さえておいたほうがいい、という知恵が働いたんじゃないだろうか。よく判らない。が、翌日の新聞で錫村くんが死んだことを知り、後悔した。しかも後追いのニュースによれば、警察は通り魔の仕業だと考えているらしい。こんなもの、持っていちゃ危ないと、何度も処分しようとしたんだが」

「なぜずっと彼の生徒手帳を持っていたんです」

「やっぱりあの日、いったいなにがどうなって、あんなことになってしまったのか、それが判らなかったからですよ。どうして錫村くんはわたしにコンクリートブロックで殴りかかってきたりしたのか。まったく憶えていないが、もしかしてわたしは彼になにかしたんだろうか、とか。頭の傷が治れば記憶も回復するかと期待したんだが、いっこうに謎が解けないまま年が明け、悶々としたまま、やがて四月になったときにアーケード内で、あの女子高生に遭遇したんです」

「橋都麻穂ですね、自転車をぶつけられそうになった」

「フラッシュバックっていうんですか、錫村くんにぶつけられたときの恐怖がまざまざと甦ってね。彼女に罵倒されても、声が出てこない。勝手に喚かせておけと思って、その場を立ち去ろうとしたんだ。そしたら背中に投げつけられた彼女のひとことで、あれですべてが判った。というか、憶い出したんだ」

「そのひとこととは？」

「賠償金。そうか、そうだったのか……と。人間の記憶って不思議なものだね。当時は混乱して曖昧だった、去年の九月に錫村くんとのあいだで起こった出来事が、まるでビデオで再生されたかのように鮮明に甦った。だいじょうぶですかと訊く彼に、わたしは答えられず、ただ呻《うめ》いていた。そんなわたしを見ているうちに錫村くんはある重大なことに思い当たったんでしょう。このままでは、もしもわたしが重傷を負っていてリハビリが必要になったりした場合、治療費や賠償金など、とんでもない金銭的、そして精神的負担が、自分と自分の家族に降りかかってくることになる。自転車事故の賠償保険に加入でもしていればいいが、おそらくそれもしていなかったんだろう。まずい、ここはさっさと立ち去って、知らん顔を決め込んだほうがいいと。いま思えば、そうさせてやっていればよかったんだ。が、彼が自転車を起こして走り去ろうとする気配を察したわたしは、よけいなひとことを発してしまった」

「それは？」

「甲子園でも完封勝利とサイクルヒット、期待してるぞ……と。そのひとことで彼は、自分の面が割れていることを知ってしまった。当時、彼はお父さんが亡くなって、志望校進学を諦めたところだったんだね。ともかくこのままでは自分も家族も破滅してしまうと悪い想像ばかりが膨らんでしまったんだろう。わたしを放ってゆくわけにはいかない、後でよけいな口出しができないよう、殺しておくしかない……瞬時にしてそんな絶望的な強迫観念に凝り固まってしまったんだ。可哀相なことをした、と思う反面、ふざけるなという気持ちもわたしのなかでは募《つの》っていった」

「その気持ちが嵩《こう》じて、橋都麻穂へ向けられてしまったのですか」

「去年の九月から今年の四月まで、わたしは錫村くんを死なせてしまった自分を責め続けていたんだ。来る日も来る日も、今日は警察へ行こうか、今日は出頭しようかと煩悶し続けた。そのあいだ、彼を死なせてしまった経緯を、ずっと憶い出せないでいたからね。いっそ一生、憶い出さなければよかったと思う。なまじ憶い出してしまったばかりに、半年余りにわたって苦しみ抜いた罪の意識は、とんだ茶番に塗り替えられてしまった。身勝手な理屈だということは、よく判っていますよ。よく判っていてもなお、わたしはあの娘を殺すことでしか、あの茶番を払拭《ふっしょく》できなかったんだ。一方的に虚仮《こけ》にされたままでは断じて、こんなふうに警察官の前で、錫村くん殺しと向き合うことはできなかった。いや、向き合いたくなかったんだ」

類似の伝言

江角刑事はおもむろに立ち上がった。しかつめらしい表情で腕組みし、じっとなにごとかを考え込む。かと思うや、しゃがみ込む。亀のように首を伸ばして、遺体の手もとを覗き込む。顎を撫で撫で、しばし沈思黙考。そしてまたやおら立ち上がる。腕組みし、考え込む。またまたしゃがんで遺体の手もとを、穴が開きそうなほど凝視してから、またまたまた立ち上がる。延々《えんえん》その繰り返し。室内は指紋採取や写真撮影に余念のない鑑識課員たちでものものしい雰囲気なのに、江角はひとり、我関せずとばかりに自分だけの世界に没入している。

傍《かたわ》らでその様子を窺いながら、桂島刑事は内心嘆息しきり。彼には江角の胸中が手に取るように判った。あの言葉を口にする絶妙のタイミングを計っているのだろう。一刻も早く言いたいのはやまやまなのだが、軽々しく言及してはせっかくの荘厳な響きが失われてしまうとでも真剣に案じていたりして。なにしろ本職の警察官とはいえ、本物に遭遇する機会はおそらく一生に一度あるかないかの、正真正銘、レア物件。

「——いかがですか、江角さん」

と、そこへ音無美紀警部がやってきた。端整な顔だちと所作は、警察官というより茶道の家元さながらに典雅だ。まだ二十代後半の若きキャリアは、ちょうど二十回目にしゃがみ込んだばかりの江角の視線を追った。「おや、これは」

うつ伏せに倒れ、顔を横に向けた遺体は、二十代後半か三十代前半とおぼしき男性だ。すぐ傍《そば》に血糊の乾いた刃先の果物ナイフが転がっている。どうやらそれで頸部と腹部を刺されたらしく、首回りと腹回りの部分のフローリングの床が血餅《けっぺい》で黒ずんでいる。遺体の足もとには、犯人が返り血を防ぐために使ったのだろう、やはり血で黒ずんだ小振りのクッションが転がっていた。

「これは、もしかして被害者が自分の血で描いたのでしょうか」

音無が指さしたのは遺体の右の手もと、つまりさきほどから江角が矯《た》めつ眇《すが》めつ、張りついている、まさにその部分だ。あたかも鼻を掻こうとでもしているかのように遺体は右手を己れの顔面へと向けているのだが、そのひとさし指をペン代わりにしたらしく、先端が赤黒く汚れている。

「丸……でしょうか、これは？」

「いかにも、丸、のように見えますな」

遺体の右のひとさし指は自分の血で、逆時計回りに○のような図形を床に描いていた。いまわの際で力が尽きたのか、それとも最初から意図してその形状にしたのか、○は完全には閉じておらず、視力検査でお馴染みのあのマークのようにも見える。

「自分の血で描いた、ということは、果物ナイフで喉と腹を刺されて、いましも絶命寸前の状態だったにもかかわらず、最後の力を振り絞ったのでしょうか」

「いかにも、そのように見えますな」

「これを描くため、だけに？」

「いかにも、はい、いかにも、これを描くためだけに、だったのでしょうな」

「まるで、江角さん、これはあれですね、まるで、いわゆるダイイングメッセージみたいですね」

「おおッ」

絶妙のタイミングを計っていたまさにその決め科白《ぜりふ》を音無に横盗りされ、さぞや虎の子のおやつを盗み喰いされたかのような気分で憤慨しているかと思いきや、江角は意外にも嬉々としている。ここが変死体発見現場でなければ、いまにも小躍りしそうなほど、そわそわと声を低めた。

「そうですかそうですか、うむ、やはり主任も、そうお思いになりますか」

「いや、まだ判りませんが、これはどう見ても、被害者が苦しみながら描いたものでしょうし。わざわざそんなことをしたからには、なにか意味があるのかな、と」

「もちろん、意味はあるでしょう。わたしが考えるに、それはずばり、犯人の素性《すじょう》を指し示しているのだと」

「あのう、すみません」さすがにそろそろ止めたほうがいいとの義務感から、桂島はそう口を挟んだ。「お言葉ですが、ダイイングメッセージなんてものは、フィクションのなかでしか成立しません。それはなぜかといいますと、もしも被害者が犯人を告発したいと思うのであれば——」

「そのものずばり、犯人の名前を書き残すはずじゃないか、と言うんだろ」江角はあっさり、肩を竦《すく》めた。「いまにも死にそうだっていうときに、こんな、ひとめ見て、いったいどういう意味なのか、とっさには見当がつかないようなものをわざわざ描くはずはない、と言うんだろ」

「そうですよ。まさにそのとおりです。だからダイイングメッセージなんてものはミステリのなかでしか成立しないわけで――」

「いやいや、ミステリのなかでだって、きれいに成立するかどうかは甚《はなは》だ危ういものだけどな。ただしそれはメッセージが意図的に複雑化、もしくは暗号化されている場合の話。被害者がいまわの際に犯人を告発するための手がかりを残そうとする、それ自体は現実にだって起こり得ることだが、そこにわざわざ凝ったひねりを加えなきゃならん必然性なんぞない。誰にも解読不能なメッセージを残したって、なんの意味もないんだからな。そうだろ？」

「そ、そうですよもちろん、そのとおりですとも。だから――」

「しかし、被害者は決して意図的にそうしたわけではないにもかかわらず、結果的には暗号みたいな意味不明のメッセージになってしまうことは充分に起こり得る。例えば、被害者の力が途中で尽きて、書くべきことを全部、書き終えられなかった場合」

「ほう、なるほど」と、決しておだてるつもりはなく、素直に感心しているだけなのだろうが、音無がそう大きく頷いたりするものだから、江角はますます調子に乗る。

「次に、メッセージは、不要なひねりなど加えられずに素直に完成しているにもかかわらず、誰にもその意味が判らない。少なくとも即座には判明しない場合。それは、被害者本人にとっては自明の理だが、他人にはそうではない、という類《たぐ》いの内容だったから。これも充分に現実的だろ。な？　な？」

　脱力感とともに桂島は白旗を掲げた。こういう議論でかなうわけがない。いかにも昭和の、ＶＴＲではなくフィルムの時代の刑事ドラマに登場する叩き上げのベテラン然とした風貌の江角は、実際に本人もそういうキャラクターではあるのだが、なぜかオタクと称してもいいくらい無類のミステリ好きとくる。密室やアリバイなどの言葉は、まさに猫に鰹節《かつおぶし》。そんな江角もことダイイングメッセージに関しては、よもや現実の事件で遭遇するとは夢にも思わなかったのだろう、必要以上に解明への意気込みを露《あらわ》にしたりして不謹慎《ふきんしん》に映らぬよう、極力興奮を抑えようとしているのがよく判る。

「この被害者もこうして、最後の力を振り絞って、なにかを書き残そうとした以上、よほど重要なことだったにちがいないぞ」

「そうかなあ」もう詮ない議論は止めておこうと自戒したはずが、つい桂島はそう反論してしまった。「ぼくは、これ、特に意味なんかないと思うなあ。単なる殴り書きだったんじゃないですかね」

「意味がない、ってこた、あるまい。それになんだよ、単なる殴り書きって」

「被害者は喉を刺されてるでしょ。とっさにたすけを呼ぼうとしたんだけれど、どうしても声が出ない。そのもどかしさのなか、なんとかならないかと無我夢中で足掻《あが》いていたのが結果的に、こんなふうに書き殴るかたちになった。具体的な内容を書き記そうという意識はおそらく、もう残っていなかったんじゃないかな。朦朧《もうろう》として」

「ふむ、なるほど」と音無は再び感心したかのように大きく頷いた。

「主任」と、そこへ則竹佐智枝刑事がやってきた。ことさらにぶっきらぼうな表情と口調で、古き良きハリウッドのスパイ映画に登場する女殺し屋みたいなシャープな美貌がなおいっそう凄味を増している。が、その眼尻には、よほど注意しないと気づかないくらい、ほんの少し、朱が散っているように桂島には見えた。どうしたんだろ、タケさん、寝不足かな？

「マンションの管理人から話を聞いてきました。被害者の名前はヒラワ、タツキ。ピースの平和と書いて、ヒラワ、と読むそうです。下のタツキは、達するの達に、樹木の樹です。年齢は三十二歳。本人の話によれば独身で、実際、独《ひと》り暮らしのようだったとか。このマンションの建物の一階に入っている〈スマート・イン〉というコンビニエンスストアの従業員だったそうです」

いま音無たちがいる現場は〈ダンディライオン・ハウス〉という十階建ての賃貸マンションの八階、八〇四号室だ。

「第一発見者は？」

「そのコンビニの店長で、今日の午後六時から夜のシフトに入る予定の平和達樹が、定刻を過ぎても現れない。部屋に電話をしても誰も出ない。彼が店で働き始めてから二年目だそうですが、これまでに無断欠勤や遅刻は一度もなかったので、もしかしたら急病かなにかで倒れているんじゃないかと心配して様子を見にきたら――」

「ちょっとすみません、則竹さん。例えば、いざというときにすぐに様子を見にこられて便利だから従業員を優先的にこのマンションに住まわせているとか、そういった事情があったりしたのでしょうか」

「いえ、管理人によると、平和達樹がここに入居したのは五年ほど前だそうです。以前は階下の店ではなく、大型量販店やレンタルビデオ店などのアルバイトを転々としていたらしい。ですから、そういう利便性ゆえにここに住んでいたわけではないと思われます。ちなみにこの五年間、家賃の滞納などは一度もなかったとか」

「なるほど。いや、さすがですね。万遍なく事実確認をしてくださっていて、たすかる。ありがとうございます」

「いえ……」

ふと佐智枝の表情が溶けたアイスクリームの如く甘く弛緩《しかん》する。次の瞬間にはもう、凍りつきそうな無表情に戻ってはいたものの、そのほんの一瞬の変化を偶然目撃した桂島はなんとも複雑な心地になった。あ、そうか。タケさんたら、もしかして。そうか、そういうことかあ。

「で、そのコンビニの店長がここへ様子を見にきた際、部屋のドアは」

「鍵が掛かっていなかったそうです。入ってみると、奥のリビングで平和達樹が倒れていた。床が血に染まっているうえ、明らかに息をしていなかったので、慌てて自分の携帯電話で通報した、と」

「ふむ」と音無は室内を見回した。独り暮らしにしてはゆったりめの、2LDKの間取りだ。遺体が倒れているリビングと続きになったダイニングの壁には大振りの写真パネルが四枚、掛けられている。

一枚目は公園とおぼしき芝生に敷いたビニールシートでランチボックスを拡げている幼い男の子ふたりとその両親と見られる男女ペア。陽光が淡く四人の姿を包み込んでいて、自然な温かみが伝わってくる。二枚目はベビーカーを押している若い女性と、赤ん坊を抱いていっしょに歩いている若い男性のカップル。風の強い日だったのか、それぞれ髪を巻き上げられたり、手を額に翳《かざ》したりしたその瞬間のふたりの親密そうなアイコンタクトをうまく捉えている。三枚目はコート姿の両親とおぼしき男女に挟まれ、クリスマスイルミネーションを見上げている幼い女の子。三人の笑顔にうまくピントが合っているせいか、防寒着の厚みからして冬に違いないのに、これまた独特の温かみが伝わってくる。四枚目は滑り台をいましも滑り降りようとしている幼い女の子と、それを砂場にしゃがんで待ち受けている両親と見られる男女。曇り空だが、独特の質感が全体に漂っていて、淀んだ雰囲気はない。

被写体はそれぞれ別人だが、いずれも家族連れとおぼしき構図で共通している。すべて五〇号ほどのサイズでかなりのスペースを占拠しているため、四枚の写真がインテリアのすべてを構成しているといっても過言ではない。決して広いとは言えない、続きになったリビングとダイニングは、ちょっとしたアートギャラリーの趣きだ。

「絵画やポスターではなく、こうした、なんの変哲もない家族写真のパネルを飾っている若い男性というのは、少なくともわたしは初めてですが」パネルを一枚いちまい見比べながら音無は しきりに首を傾《かし》げている。「それに、独り暮らしにしては、なかなかきれいにしていますね」

音無はダイニングテーブルのほうへ歩み寄った。対面式キッチンのカウンターに、カットされた林檎《りんご》や梨、桃などのフルーツを盛り合わせた大皿が載っている。手をつけた様子はない。

一方、ダイニングテーブルにはコーヒーカップと小さな取り皿が二客ずつ、そしてフォークがやはり二本ずつ並べられている。白い手袋を嵌《は》めた手で音無はコーヒーカップを持ち上げてみた。どちらのカップにも焦げ茶色の液体が入っているが、口をつけた痕跡はない。

「ん?」音無は眉根を寄せ、その焦げ茶色の液体に鼻を寄せ、匂いを嗅いだ。「この甘い香りは、もしかして――」

キッチンに入った音無は、冷蔵庫の傍らに置かれたふたつのゴミ箱のうち、一方を覗き込んだ。そっと中味を拾い上げる。缶コーヒーの罐《かん》が二本。どちらも空《から》だ。

「缶コーヒーを、そのまま出すのも無粋なので、一応カップに注いで振る舞おうとした、ということなんでしょうか」

もう一方のゴミ箱を覗き込んでみた。インスタント麵の空袋で溢れている。しかもすべて同じ銘柄。そのままスナック感覚で齧るのもよし、お湯をかけて即席麵として啜るのもよし、日本人ならばその名前を知らぬ者はいないだろうという超ロングセラー商品だ。

「きれいにしていた、というよりも、なんだか生活感がありませんね」

ガスレンジには薬罐《やかん》がひとつ、ぽつねんと置かれているだけで、食器棚の中味もほとんどない。

「そんな独り暮らしの所帯に来客があった、ということでしょうか。もしもその客が犯人なのだとしたら、フルーツをカットした果物ナイフ、すなわち現場にあったものを凶器として使ったことになるわけですが」

「計画的ではなく、衝動的な犯行だったのかもしれません。いずれにしろ犯人は被害者の顔見知りだったのでしょうね。こうして歓待の用意をして、リビングにまで招き入れているくらいですし」

「タケさん」と訊く江角、いつになく遠慮がちである。「まさかとは思うが、その、例えば被害者の交友関係なんかはまだ把握しちゃおらんだろうね、さすがに」

「もちろん具体的な調査はこれからですが、どうも生前の平和達樹は親しい友人などがあまりいないようだったという見解で、マンションの管理人とコンビニの店長の証言は一致しています」

「それでも知己がまったくのゼロだった、なんてことはあるまい。被害者の関係者のなかに、そうだな、例えば丸山《まるやま》とか、丸井《まるい》とか、そのものずばりの丸《まる》とか、そういう名前の人物がいないかどうかを調べてみるのも存外悪くないかもしれんぞ」

「は？」

きょとんとなる佐智枝に、桂島は仏頂面でかぶりを振ってみせた。「もしかして被害者は犯人の名前を書き残そうとしたんじゃないか、って江角さんは言うんですけどね」

佐智枝は屈み込んで、遺体の右の手もとを見た。「あ……なるほど。○に見えますね。でも」小首を傾げ、立ち上がった。「丸山とか丸井とか人名を書こうとしたのなら、○の図形じゃなくて、普通に漢字か、それがめんどうなら、平仮名か、片仮名にするんじゃないかな」

「そうしようとはしたものの、思いの外、体力が残っていなくて、シンプルに○を描くのが精一杯だったのかもしれん」

「いやあ……」考え込んでいた佐智枝、ふと顔を上げ、ひとりごちるように呟いた。「これ、Cじゃないかな」

「C？」

図らずも江角、桂島、音無の三人の声が、きれいなユニゾンになった。

「ほら、逆時計回りでしょ、これ。○にしようとして完全に閉じられなかったんじゃなくて、最初からこのかたちだったと、わたしは思いますが」

「犯人の頭文字がC、ってこと？」

「そうじゃなくて、これって多分、CDと書こうとしたんじゃないかしら。というのも、ですね——」

佐智枝は平和達樹の遺体を指さした。遺体はいましもボールかなにかを遠投しようとしているかのように、左腕を頭上に振りかぶる恰好で伸ばしている。軽く握った拳から、ひとさし指が一本、くたりと突き出ている。その先を佐智枝は顎でしゃくった。

遺体の左手が指しているのは、障子が開いたままの和室だ。生前の被害者は寝室として使っていたらしい。枕と畳んだ布団が畳に直接積み上げられている。その和室を抜けて、隣りの洋間へ行こうとした佐智枝を「あ、すみません、ちょっと待ってください」と音無が止めた。

「どうしました？」

音無は畳の上にひざまずいた。畳まれた布団の傍らに、クマのぬいぐるみが三体、ちょこんと鎮座《ちんざ》ましましている。白い小型のを真ん中にして、ベージュの大型とグレイの中型が並んでいる構図はさながら三人の親子連れといった趣きだ。

真剣な眼差《まなざ》しでその三体のぬいぐるみに見入っている捜査主任の姿に、桂島は内心嘆息しきり。ああやれやれ、このひともなあ。この趣味への常軌を逸した情熱さえなければ、ただの優秀な一《いち》警察官として人生を全うできるはずなのに。

「どうかなさったんですか、主任？」音無の趣味のことはまったく知らない佐智枝も真剣な表情で、三体のぬいぐるみをしげしげと見つめた。「このクマがなにか？」

「この真ん中の子は」と音無が指さしたのは白い小型のクマだ。両手で赤いハート形の箱を掲げ持っている。「たしか某チョコレートメーカーの、ヴァレンタインデイ記念限定グッズのはず」クマの足の裏に、発売された年と思われる西暦が刺繍《ししゅう》されている。「十二年前のモデル、か」

音無は、そっとそのハート形の箱を手に取った。開けてみると、なかから紙片が出てくる。マジックでこう記されていた。

このメモをご覧になっている方へ
お願いがあります
もしもこれをご覧になっているとき
ぼくが死んでいたら
この三人のクマたちも
ぼくといっしょに棺《ひつぎ》に入れてください
どうかお願いいたします

末尾に『平和達樹』とサインされているそのメモを持ったまま音無は立ち上がるや、小走りにリビングのほうへ戻っていった。その一見脈絡のない行動に、佐智枝と江角は、互いに困惑の表情を見合わせるばかり。おそらく警部は、突然の落涙《らくるい》を部下たちに見られてはならじと、とっさに逃げ出したんだろうなあ、と秘めたる事情を察したのは桂島だけだった。

「どうかされたんですか、主任？」

「——ちょっと、みなさん、こちらへ来ていただけますか」と呼ばれて三人は、ぞろぞろリビングへと引き返す。音無は、さりげなく口もとにハンカチを当てて、さきほどの四枚の写真パネルを順番に見て回っているところだった。

「さっき、これらのパネルを眺めていてどうも違和感を覚えて仕方がなかったのですが、それがどうしてなのか、やっと判りました。見てください」

音無は、公園でランチボックスを拡げている家族の写真を指さした。よく見ると、ビニールシートに座った女性と男の子のあいだに小さなクマのぬいぐるみが、ちょこんとおさまっている。

「こちらも」

女性が押しているベビーカーの写真。よく見ると、そのなかの赤ん坊は、やはり小さなクマのぬいぐるみを抱いている。

「そして、ここも」

滑り台を滑り降りようとしている女の子はちょっと大きめのクマのぬいぐるみを持っていた。

「ね？　このとおり、どの写真にも、あそこの和室にあるような、クマのぬいぐるみが写り込んでいます。ところが最後の、この写真だけ――」

クリスマスイルミネーションを見上げている女の子も、両親とおぼしき男女も、誰もぬいぐるみなどは持っていない。

「この写真だけ違うのです。ぬいぐるみが写っていないのに、まるで一連のシリーズであるかのように、こうして他の三枚といっしょに飾ってある。なぜでしょう？」

「はあ……え、えと」

風船から空気が抜けるみたいな頼りなげな相槌《あいづち》とともに、佐智枝と江角は再び互いに顔を見合わせた。ふたりとも、ぽかんとしている。やれやれと桂島は、ひとり苦笑い。涙を隠すためのとっさの言い訳としては、いかにも苦しい。まあ、一枚だけぬいぐるみの写っていない写真なんて、そんな些細《ささい》なこと、気がついただけでも大したものだと主任を褒めてあげたほうがいいのかな。

「それからもうひとつ。このパネルだけ、ちょっと斜めに傾いているんですよ。他の三枚はきちんと、まるで計測したかの如く美しく、真っ直ぐに掛けられているのに。なぜでしょう。このクリスマスイルミネーションの作品だけ、全体的に妙に周囲から浮いている。これにはなにか、とても重要な意味が隠されているのではないかと――」

「そ、それよりも、主任」普段なら音無の言葉を無条件に、かつ神妙に傾聴するはずの江角、めずらしく執《と》り成す口吻《こうふん》で遮《さえぎ》った。「さきほどのタケさんの、ほら、CD。CDの話の続きを聞こうじゃありませんか」

「おっと、そうでした。失礼いたしました、お話の腰を折ってしまって」

四人は再びぞろぞろと和室を抜け、洋間へと入った。

「――ほら、これ」

整然としていたリビングや和室とは対照的に、洋間はパソコンや周辺機器の数々で雑然としている。スチール製の机の上に一眼レフのデジタルカメラやプリンター、そして書棚はアルバムと画像データ入りとおぼしきCDのコレクションで満杯だ。

「管理人によると、被害者は生前、写真が趣味だったようです。時間があると、カメラを持って出かける姿をよく見かけた、と」

「なるほど、するとリビングに飾ってある、あのパネルは」

「本人の作品でしょうね、きっと。わたし、写真のことは疎《うと》いんですけど、あの四枚を見る限りでは、なかなかの腕前だったのではないかと」

「被害者はどうやら、撮影した写真の画像データは小まめに保存しておくタイプだったようですね」桂島は白い手袋を嵌めた手で、並べられているCDを一枚、抜き出した。「ケースにちゃんと、パソコンで印字した、撮影場所と日付のラベルを貼ってある」

「几帳面な性格だったんだな。てことは、これはなかなか期待できそうですな」江角もランダムに一枚、CDを抜き出した。「タケさんが、あの被害者のダイイングメッセージがCDを意味しているんじゃないかと言ったのは、そうか、なるほど、そういうことか。このなかに、もしかしたら犯人が写っているものがあるかもしれない、と」

「ちょ、ちょっと待ってください」うっかり頷きかけた自分を恥じるみたいに桂島は頓狂《とんきょう》な声を上げた。「仮にこのなかのCDのどれかに犯人の姿が写っているものがあるとしても、ですよ。それをいったいどうやって、特定するっていうんです?」

「そりゃあ……おまえ」

「仮に被害者が普段、滅多に人物を被写体にはしないタイプのカメラマンだった、というのなら、話は別ですけど」

その桂島のひとことに、あとの三人の視線がいっせいに、和室を通り抜けるかたちで、リビングへと向けられた。

＊

その後の調べで、生前の平和達樹の複雑な家庭環境や、孤独な日常生活の実態が徐々に明らかになった。

達樹が幼い頃、両親は父親の女性問題で離婚している。母親に引き取られた達樹だったが、再婚相手である継父や異父兄弟との折り合いが悪く、頻繁《ひんぱん》に家出騒動を起こしていたという。家族間で諍《いさか》いがあっても、継父と異父兄弟にばかり気を遣って、絶対に自分の味方になってくれない母に苛立ちと絶望感を募《つの》らせてゆく。一時、実父のところに身を寄せたりもしてみたらしいが、ここでも再婚相手やその連れ子とのあいだでトラブル続き。新しい家族の不興を買いたくない父親も、やはり達樹の心情を理解してはくれず、結局母親のもとへ舞い戻る。その虚《むな》しい繰り返しで、成長とともに疎外感を募らせるばかりだったという。

農業高校を卒業し、地元で最大手の食品加工メーカーに就職したのを機に、達樹は家族とはいっさい縁を切った。爾来《じらい》、実母、実父ともに音信不通だという。この十四年間、手紙はおろか、電話一本のやりとりもなかったらしい。その親子間の溝の深さを見せつけるかのように、実母と実父は互いに息子の弔いの責任を相手に押しつけ、どちらも遺体を引き取りにこようとはしない。

膨大な数のＣＤに保存されていた画像データをざっと調べたところ、達樹の写真の題材は常に家族、特に仲の好《よ》さそうな親子連れに限られていたようだ。その都度被写体に許可を得て撮影していたわけではなさそうだが、幸福な家庭への憧れが強かったのだろう。三体のクマのぬいぐるみを、実現できなかった自分と両親の良好な関係に見立て、心の空洞を埋めようとしていた節もある。ハート形の箱に遺言めいたメモを入れてあったのは、あるいは自分の家族はもうこの三体のクマのぬいぐるみたちしかいない、という諦観だったのだろうか。そのせいか、同じ家族写真でもクマに限らず、ぬいぐるみを偶然いっしょにおさめられた構図の作品は、殊《こと》の外お気に入りだったことが容易に窺える。

血縁も含め他者には疎外感ばかりを覚えて成長したせいだろうか、人間関係を積極的に構築するのは苦手だったようだ。高校卒業後に就職した食品加工メーカー〈アース・ファクトリィ〉では、真面目な勤務ぶりには定評があったものの、達樹のことを、とっつきにくい相手だったと語る元同僚は多かった。

「飲みに誘っても、彼が来たことはなかったですよ、一度も」

「アルコールが駄目だったんですか」

「いや、たしかに下戸《げこ》だったみたいだけど、彼の場合、単に飲めないだけじゃなくて、食べるほうにも、けっこう衝撃的な問題があって、ですね」

達樹は極端な偏食だったという。肉や魚はおろか、米も野菜も、いっさい口にしなかったらしい——仕事上、やむを得ない場合を除いては。

「彼、高校は総合生活科の出身で、専門職として一人前になってもらおうと、会社では企画開発課に配属されてたんですよ。はい、そうです、舌が商売道具で。それなりにセンスもあったし、いい味覚を持ってたと思う。ええ、もちろん、新商品などの研究では普通に試食したりもしてました。なのにどうやら、私生活では決して、まともな食事を摂ろうとはしなかったらしい」

聞けば、例の〈ダンディライオン・ハウス〉の自室のキッチンのゴミ箱から空袋が大量に溢れていたインスタント麵。達樹は一日三食、それしか口にしなかったという。

「へたしたら、多忙で間食、夜食も含めて一日に五回か六回、食事しなくちゃいけないときでさえ、絶対にあれしか食べなかったんですって。もちろんプライベートを実際に覗いたことがあるわけじゃないけど、まわりの人間の話をまとめるとどうやら、そういうすさまじい食生活だったらしい。会社でのお昼なんか、あの即席麵をスナックみたいにぼりぼり齧って、はい、おしまい、みたいな。ほんとにそれだけ。少なくともこの会社にいた九年間、それ以外のものを彼が口にしているのを、ただの一度も見たことがない。他の社員にも訊いてみてくださいよ、きっと同じ答えが返ってくるから。ここを辞めた後のことは知らないけど、ずっとあのままだったんじゃないかって気がする。しかし、あんなんでよくまあ身体を壊さなかったよなあ。無遅刻、無欠勤だったんですよ、ずっと。あれは大したものだった。残業もばりばり、こなしてたし。ま、若くて体力があったから、どうにかなったんでしょうけど」

達樹がそんな、もはや病的と称しても大袈裟ではないほどの偏食だった背景には、やはり親子関係の齟齬《そご》がなにか暗い影を落としているのだろうか。そんなふうに考えていた佐智枝は、ふと変なことに思い当たった。

「ちょっと待って。じゃあ果物とかは？　林檎とか、梨とか、食べたりした？」

「とんでもない。フルーツジュースだって飲んだことないと思いますよ」

「お酒は下戸だから駄目だったとして、ソフトドリンクとかはどうだったのかな。あるいは缶コーヒーとかは？」

「全然。そんなものも、いっさい。たまに飲むものといえば、そうだなあ、ミネラルウォーターくらいでしたかね」

すると自室の、あの皿に盛られていたフルーツとカップに注がれていた缶コーヒーは、どういうことなのだろう？　もちろん、あくまでも来客のために用意しただけであって、かたちばかり取り皿を二客並べてはいたものの、自分は口にするつもりはなかった、ということもあり得るわけだが。

達樹は〈アース・ファクトリィ〉に九年間勤めた後、一身上の都合という名目で退職している。実際に辞める一年ほど前にすでに退職願を提出していたというので、本人のなかでは熟考の末の結論のようなのだが、はっきりした理由は不明だという。仕事ぶりは上々で、特に思い悩んでいる様子は見受けられなかったし、苦手な人間関係に於いても特にこれといったトラブルはなかった、と元同僚たちの証言は一致している。

「いや、しかしご用件が平和くんのことだったとはねえ。最初はてっきり、今度も本里《もとさと》のことで来られたのかと思ってましたが。続くこともあるもんだなあ」

ひと通り話を聞き終え、辞去しようとしていた佐智枝だったが、元同僚のそのひとことで踵《きびす》を返した。「……なんですって？」

「本里の事件ですよ。ほら、えと、もう半年くらい前になりますか、うちの社員の本里大悟《だいご》って男が何者かに殺害されて。まあ場所が場所だけに犯人は女に決まってるんでしょうけど。そういや、あれって、まだ捕まってないんですか？」

佐智枝も憶《おも》い出した。半年前、郊外のラヴホテルの一室で、三十代のサラリーマンの男性が全裸姿で刺殺された事件だ。被害者が妻帯者だったため、不倫殺人事件として一時マスコミにも大きく取り上げられた。被害者といっしょにチェックインし、その後ホテルから姿を消したとされる女の行方を警察は追っているが、有力な手がかりもないまま現在に至っている。

「まだ未解決だけど、そうか、あれはここの社員の方だったんですか。でも、続く、というのは？　どういう意味？」

「平和くんと本里は、たしか同期入社だったはずなんで。といっても本里は大卒入社で、所属は営業だったたし。至って社交的な性格で平和くんとは如何《いか》にも対照的なタイプだったから、個人的な付き合いなんかは全然なかったでしょうけどね。ま、どっちみち、平和くんはもう五年も前に、ここ、辞めちゃってたわけだし。関係ないっちゃない話なんですけど、なんだか、ね。前回、話を聞きにこられたのは別の刑事さんだったけど、こう会社絡みで警察沙汰が続くと、ね。うん、なんだかなあ、と」

ほんとうに関係ない話だろうかと佐智枝は気になったが、とりあえず深く考えるのは後回しにして、次の聞き込みに回った。
〈アース・ファクトリィ〉を退職した達樹は社員寮を出て、〈ダンディライオン・ハウス〉へと引っ越す。複数のアルバイトを経た後、二年ほど前に〈スマート・イン〉に正規採用された。そこでの仕事ぶりの評判も極めて良好だったが、ひと付き合いが苦手な性格もまったく変わらなかったようだ。酒もタバコもギャンブルも、いっさいやらず、ただ趣味の写真と三体のクマのぬいぐるみだけを心の友とした、孤独な生活を押し通していたらしい。

携帯電話を生涯に一度も所有したことがなかった達樹は〈ダンディライオン・ハウス〉の自室に一応、固定電話を引いてはいたが、通話記録はほぼ皆無に等しい。五年間、ほとんど基本料金のみで通している。パソコンにしても自分で撮影した画像データの管理にしか使っていなかったようで、電子メールの送受信履歴などはいっさい残っていなかった。インターネットなどもほとんど利用しておらず、ひと付き合いが苦手というより、社会からの隔絶《かくぜつ》に近い。

江角が言うところのダイイングメッセージが果たして人名を指しているかどうかは判然としないが、漢字の「丸」にせよ、頭文字の〝C〟にせよ、生前の故人と深いかかわりのあったとおぼしき人物がいっこうに浮かび上がってこない。友人らしい友人はいなかったとして、では女性関係はどうだったかと訊いても、〈スマート・イン〉店長は困ったように自分の鼻を掻くだけ。

「女、ねえ。いやあ、ないですねえ、見たことも聞いたことも。彼、色恋沙汰には興味ないんじゃないか、って思うくらいで」

「色恋沙汰じゃなくても、例えば特定の女性となにかトラブルをかかえていたとか、そういうことはなかったのかしら」

「トラブル、ですか。いやあ、女とか男とかに関係なく、そんなこともなかったと思いますよ。たしかにひと付き合いは苦手だったようだけど、他人との摩擦なんかはうまく避けられるタイプだった。そういう意味では、おとなでしたね」

　が、平和達樹殺害事件にはほぼまちがいなく特定の女が関係していると考えられる。達樹の死亡推定時刻は、コンビニ店長によって遺体が発見されるよりもおよそ四時間前の午後二時頃。ちょうどその時間帯、〈ダンディライオン・ハウス〉一階のコンビニエンスストア〈スマート・イン〉に設置されている防犯カメラに、マンションから出てきたとおぼしき人物が小走りに駆けてゆく姿が映っているのだ。

　さらに遡《さかのぼ》ること一時間前の午後一時頃、〈ダンディライオン・ハウス〉のエレベータ内に設置された防犯カメラに、一階から乗り込んで八階で降りる女の姿が映っていた。サングラスと白いマスクで顔を隠すようにしていたが、解析の結果、この女と〈スマート・イン〉の防犯カメラに映っていたのは同一人物だとほぼ断定された。エレベータで八階へ上がる際の女の持ち物は小振りのハンドバッグのみだったが、〈スマート・イン〉の防犯カメラに写った人物はそれに加えて紙袋のようなものを提げているため、犯行後、現場からなにかを持ち去った可能性がある。達樹の死亡推定時刻前後には、エレベータ内の防犯カメラに不審な人物は映っていなかったので、おそらく女はマンションから逃走する際には非常階段を使ったものと思われる。

生前の達樹の周辺をいくら調べても、この女に該当するような存在が浮かび上がってこない。さらに佐智枝は聞き込みで、奇妙な事実を突き止めた。〈ダンディライオン・ハウス〉の八〇四号室にあったコーヒーカップとフルーツの盛り皿や取り皿、スプーンとフォーク、そして果物ナイフとクッション、それらはすべて事件の前日に、達樹本人が、近所の百円均一ショップで購入していたことが判明したのである。

「もともと平和達樹が持っていた調理器具と食器って多分、例の即席麺用だと思うんですけど、薬罐と丼、あと、せいぜいコップだけで、テーブルやカウンターに並べられていたものはすべて、事件の前日に買い揃えたばかりだったようです。そしてフルーツ各種は事件当日、やはり近所のスーパーで、平和達樹本人が買い込んでいる」

「自分は決して使わないし、食べもしないはずのものを急にいっぺんに買い揃えるとは、なんだか作為を感じますね」

「そうなんです。特に果物ナイフ。主任、わたし、思うんですけれど、もしかして平和達樹がほんとうに準備しておかなければならなかったのは、あの果物ナイフと、そしてクッションだけだったんじゃないか、と」

「なんのために？」

「その来客を殺害するために……というのは少し極端でしょうか」

「凶器をいつでも使えるよう準備しておくには、隠し方に工夫が要る。だから果物ナイフがすぐに手が届くところにあっても不自然ではないように、フルーツとその盛り皿や取り皿をわざわざ買い揃えた、と。ついでに飲み物も用意して、それらしく舞台設定を整えた……のかもしれないですね」

「ええ。そう考えると、あのコーヒーカップの中味が缶コーヒーを注いだだけだった理由も、なんとなく納得できる気がします。本物のコーヒーを用意するに越したことはなかったんでしょうけれど、急ごしらえのセッティングのために平和達樹は、そこまで手間をかける気になれなかった。ほんとうに来客を歓待するつもりなど毛頭なく、ただそれらしくかたちを整えればそれでよかったので、手頃な缶コーヒーで間に合わせた、と」

「もしも則竹さんのその想像が当たっているとしたら、平和達樹は実は、危害を加える目的でその女を自室へ呼び寄せた、ということになりそうですね」

「ええ。しかし、相手を刺そうとして、失敗し、返り討ちに遭ってしまった。自分が使うはずだった果物ナイフと返り血対策用のクッションを女に奪われ、刺殺されてしまう。女はもともと平和達樹に危害を加えようとか、そんなつもりはなかったんじゃないでしょうか。サングラスとマスクで顔を隠していたとはいえ、八階へ上がる際、エレベータを使っているのがその証拠です」

　凶器となった果物ナイフからは照合可能な指紋はいっさい検出されていない。達樹のものも残留していなかったことから、犯行後、女が布かなにかできれいに拭っていったと思われる。手袋を用意していなかったからといって、即、計画性がなかったという証明になるわけではないが、八階の達樹の部屋へ上がった時点で女がいささか無頓着《むとんちゃく》であったことはたしかだ。

「しかし、彼に刺されそうになって逆襲し、結果的に平和達樹を殺してしまった後は事情が一変した。女は自分の姿が防犯カメラには映らぬよう、非常階段を使って逃走した、というわけです」

「なるほど。しかし仮に彼のほうから犯人の女に連絡したのだとしたら、いったいどういう方法で呼び出したのでしょう？」

「どういう方法、って、それはやはり電話かなにかで」

「だったら、少なくとも自宅の電話は使っていない、ということになりますが」

「あ、そうか、そうでした。通話記録が残っていないんだ。携帯も持っていなかったし、電子メールなどを使った形跡もない。ということは、公衆電話から連絡したのか、それとも手紙とか」

「……どうしてそんな、めんどうな真似をしたのでしょう？　自宅の電話を使うと、なにか不都合なことでもあったのか」

「先方の電話機に自分の電話番号が表示されるのを避けようとした、とか。いや、そんなわけはないですね。これから自宅へ呼び出そうっていう相手に、そんな警戒をしてもあんまり意味ないような。うーん」

「案外、直接会いにゆけるところに女は住んでいるとか、そんなことだったのかもしれません。が、だったら、これだけ聞き込みをかけているんだ、そろそろその存在が炙《あぶ》り出されてきてもおかしくないのに」音無としてはめずらしく、釈然《しゃくぜん》としない面《おも》持ちを隠そうともしない。「断定してはいけないかもしれませんが、その女は、平和達樹にヴァレンタインデイのチョコレートをあげているはずなのです、十二年前に」

「十二年前？　どうしてそれが……あ、あのクマのぬいぐるみ、ですか」

「そうです。あのメーカーは毎年、ヴァレンタインデイ、ホワイトデイ、ハロウィン、クリスマスなど季節のイベントごとに、新しいモデルの記念限定グッズを発売する。あの年のヴァレンタインは白いクマの持っているハート形の箱にチョコレートが入っているという趣向でした。あれを平和達樹が自分で買ったとは、とても思えません」

「え、ええ、そうですね」主任、ずいぶんお詳しいんですね、と佐智枝はそっと呟き、眼を丸くした。「まずまちがいなく女性からもらったものでしょう。それが今回の犯人の女と同一人物かどうかはともかく」

「同一人物だとわたしは確信しています。なぜならば平和達樹は十二年のあいだ、ずっとあのクマをたいせつにしてきた。それこそ自分の家族同様に。あとの二体のクマのぬいぐるみは彼が自分で購入したものでしょう。それはあの白い小さなクマが独りで寂しそうにしていると感じたからだと、わたしには思えてならないのです。だからお父さんグマとお母さんグマを与えた」

「平和達樹はあのクマに、それだけ感情移入していたんですね」頷きながらも佐智枝は、いつになく熱血漢的な音無の語りっぷりに、少し困惑気味である。「自分も家族の愛情に飢えていたから」

「もちろんそれもありますが、あのクマのぬいぐるみをくれた女がそれだけ彼にとって特別な存在だったからでしょう。これまでの調べで浮き彫りになった平和達樹のひととなりに鑑《かんが》みるに、そこまで特別な存在の女が、生涯にふたりも三人もいるとは考えられない。まちがいなく同一人物です」

「しかし、彼女がそこまで彼にとって特別な存在だったのなら、どうして敢《あ》えて危害を加えようとしたりしたのか」

「それも不可解ですが、もうひとつ、重要な疑問点がある。それは、なぜいまごろになって、です」

「いまごろになって、というのは？」

「十二年前にヴァレンタインのチョコレートを貰った、ということは、その相手の女はかつて〈アース・ファクトリィ〉で彼の同僚だったという可能性が高い。というか、それしかあり得ないと思うのですが、実際に聞き込みをしてきた則竹さんとしては、どうお考えですか」

「もしも平和達樹のようなタイプの男性がチョコレートをもらう機会があったのだとしたら、それはかつての職場だろう、とわたしも思います。しかし〈スマート・イン〉の店長や同僚もまったく同じ意見でしたが、〈アース・ファクトリィ〉の元同僚たちは、親しい同性の友人すらいなかった平和達樹の周辺に特定の女性の存在なんて、まったく感知してはいなかった」

「そこがポイントなのです。あの記念限定グッズは、飛び抜けて高価ではないが、決して安価でもありません。少なくとも義理チョコとしては少々値が張る。普段ひと付き合いが苦手として知られている男性が、そんなものを貰ったとなれば、これは本人が隠そうとしても周囲に噂が広まってしまいそうなものです。なのに、そうはならなかった。それはいったい、なぜか」

「ひょっとして彼女のほうが隠そうとしたから、とか？　例えばですけど、ほんとうは本命の彼氏に手渡すつもりが、なんらかの事情でできなくて、仕方なく代わりに平和達樹にあげた。ごく軽い気持ちだったけれど、そのうち後悔して、それで——とか」

「それについてはいろいろなケースが想定できますが、とりあえず重要なのは、彼とその女の接触が周囲にまったく感知されていない以上、平和達樹はこの十二年間、少なくとも自分からは彼女にコンタクトをとろうとはしていない、そう考えるのが妥当です。なのにどうして、いまになって自室へ呼び出したりしたのか。それは、あるきっかけがあったから、ではないでしょうか」

「きっかけ……もしかして、半年前に起きたラヴホテルでの刺殺事件？」

「そのとおり」

「半年前、本里大悟を刺殺した犯人と、今回平和達樹を刺殺した女は、同一人物だったというんですか」

「可能性がないとは言い切れない。仮に平和達樹のダイイングメッセージが、ほんとうにCDのCなのだとしたら、あの膨大な数の画像データのなかに、半年前に本里大悟を殺害した女の素性か、もしくは彼女の犯行の証拠を指し示す写真が入っているのではないでしょうか」

「例えば、平和達樹は趣味の写真の撮影中に偶然、彼女の犯行の証拠を摑んだのかもしれませんね。だからコンタクトをとった。だとすると事件の日、女が〈ダンディライオン・ハウス〉へやってきたのは、その証拠の写真を巡って平和達樹となにか取り引きをする約束をしていたからとか、そういうこともあり得る。あ。そうか、主任、もしかして平和達樹はあの果物ナイフを護身用に買っていたのでは？　なにしろ彼女が元同僚の男性を刺し殺したと知っていたわけだから」

「なるほど、殺すつもりではなく、万一のために、か。そうかもしれませんね。いずれにしろ、犯人が彼の元同僚の女だという可能性は極めて高い」

改めて達樹の残したCDの画像データを徹底的に分析してみよう、という結論に落ち着いた。そこへ江角と桂島が、まるでそのタイミングを待っていたかのように一枚の写真を持ってきたものだから、音無と佐智枝は驚いた。達樹のCDのなかから見つけてプリントしたもので、そこには本里大悟の姿が写っているという。

「いやあ、実はわたしも半年前のラヴホテルの事件を憶い出しまして、そういえばあの被害者も〈アース・ファクトリィ〉の社員だったが、同じように女に刺殺されたってことはなにか関係があるのかもしれんぞと、最初っから当たりをつけて、平和達樹のCDの画像データを、かたっぱしからチェックしてみたってえわけです」

「えー、ちなみにぼくも手伝わされました。不眠不休で」少しぼやき気味に呟く桂島、メガネの奥の眼の下に隈《くま》ができている。「たいへんだったんですからもう。なにしろ何千枚もあって。被写体は男に的を絞って、とはいえ、見ても見ても終わらない」

「ただひたすら男ばっかり、顔を見て、本里大悟はいないかと探しまくってみたら、おっと、ここに」江角は一枚のCDを眼の高さに掲げた。「いたんですよ、このなかに。例によって写真の主役は遊歩道で寛《くつろ》いでいる家族連れなんだが、その背後に――」

江角はプリントされた写真を示した。遊歩道のベンチに腰を下ろした、如何にも日本のサラリーマン然とした若い男が写っている。きっちり撫でつけた髪にメタルフレームのメガネ。本里大悟だ。撮影日時は一年ほど前になっている。

「これこのとおり。やっとこの一枚だけ」

「一枚だけ？　本里大悟の写真は、これだけだったんですか」

「はい、これだけでした」

音無と佐智枝は改めて写真を見た。構図の中心に据えられているのは例によってどこの誰とも知れぬ、一見幸福そうな家族連れである。その右側の隅っこで本里大悟はベンチに座り、なにやら腕時計を気にしているふうであるが、撮影されている自覚はないようだ。他には特にこれといって目を惹くものは写っていない。

「念のために確認ですが、例えば本里大悟が女か誰かといっしょに写っているような構図の写真は、なかったのですか」

「残念ながら、そういうのは見当たりませんでした。他の家族連れのものも、写っている男はすべてチェックしたんですが、ほんとうに本里の写真はこれ一枚だけで」

「うーん……となると、平和達樹のダイイングメッセージって、自分はCDのなかに本里大悟殺しの犯人の写真を持っている、という意味ではなかったのかな」

「いや、持っていたんだけれども、犯人が証拠隠滅のために持ち去ってしまったのかもしれません」うっかり大きなあくびを洩らしてしまった桂島は、失礼、と呟き、メガネを直した。

「ほら、防犯カメラの映像を憶い出してください。逃走する際、女の持ち物がひとつ、増えてたでしょ」

「たしかにあの紙袋を提げた姿は、現場からなにかを持ち去っているように見えますが、その中味がCDっていうのは、どうなんでしょう。だってあの膨大な数の画像データのなかから、ですよ。果たして自分の写っているものをピンポイントで選べたのかどうか。いささかむりがあるのではないですか」

「いやいやいや、主任、判りませんよ、それは。画像データ管理については極めて几帳面だったと思われる平和達樹のことだ、きちんと犯人の名前をラベルに記してあったのかもしれない」

「まさか、それはちょっと、いくらなんでも……あ、でも」苦笑しかけた音無は、きりっと表情を引き締めた。「名前が書いてあったかどうかはともかく、もしも平和達樹が犯人となにか取り引きをしようとしていたのだとしたら、女の画像データの入ったCDだけを、あらかじめ別にしておいた可能性はありますね」

「そうです、そうですそうです」

「いずれにしろ、もしもCDの現物が持ち去られているのだとしたら、ダイイングメッセージから犯人像へと迫る試みも、このあたりが限界か、と」

「あのう……」再び出そうになったあくびを嚙み殺し、桂島は封筒から別の写真を取り出した。「ちょっとこれ、見てもらってもよろしいですか。実は江角さんを手伝っていて、ぼく、気づいた、というか、引っかかったことがあって」

「お、なんだ。なんだなんだ」江角が鼻息荒く勢い込んだ。「男じゃなくて、怪しい女が写っている写真でも見つけてたのか？　おいおい、おまえな、そういうおいしいブツは、もっと早く開陳してくれよ」

「いやいやいや、ちがいます。ちがいますって。そんな都合のいい写真があったら、どなたも苦労しやしませんよ。ともかく、これ、見ていただけますか」

桂島が示したのは三枚の写真だ。一枚目は公園とおぼしき芝生に敷いたビニールシートでランチボックスを拡げている幼い男の子ふたりとその両親と見られる男女。二枚目はベビーカーを押している若い女性と、赤ん坊を抱いていっしょに歩いている若い男性のカップル。三枚目は滑り台をいましも滑り降りようとしている幼い女の子と、それを砂場にしゃがんで待ち受けている両親と見られる男女。

「この三枚、見覚えありませんか」

「見覚えもなにもおまえ、これはあれだろ、平和達樹の部屋に飾られていたパネルと同じ写真じゃないか」

「そうです。これ全部、画像データがＣＤに保存されてました」

「だろうな。あんな大きなパネルにするくらいだ、よっぽどの自信作で、気に入ってたんだろう。データを保存していなかったりしたら、むしろそっちのほうがおかしい」

「はい、まさにそのとおりなんです。おかしいんですよ」

「なにが」

「あれほど大きなパネルにして飾ってあったにもかかわらず、画像データがどこにも保存されていない作品があるんです。ほら、コート姿の両親とおぼしき男女といっしょにクリスマスイルミネーションを見上げている女の子の写真、憶えてますか」

「あったな、そういえば」

「あの作品だけ、どこを探しても画像データが見当たらない」

「ほんとに？　おまえ、見落としたんじゃないの」

「絶対にとまでは言えませんけど、多分、見落としたりはしていないと思います」

「じゃ、どういうことになるんだ」

「もしも犯人が自分に関係するＣＤをすべて現場から持ち去ったのだとしたら、あのクリスマスイルミネーションの写真の画像データも、もしかしたら、そのなかに入っていたんじゃないか、と」

「つまり、なにか、あの写真の、母親とおぼしき若い女が……」

「最初の現場検証の際、主任がおっしゃったこと、憶えてます？」

「って、おっしゃったことならいろいろ、たくさんあるぞ。どれのことだ」

「あのクリスマスイルミネーションの写真だけ、他の三枚とは異なる、と。ひとつ、クマのぬいぐるみが写っていない。ふたつ、パネルが少し斜めに傾いている」

「そんなこと、おっしゃってたっけか。まあいいや、それが？」

「ほんとうなら犯人は、あのパネルも現場から持ち去りたかったんじゃないかな。だから一旦、壁から外そうと手をかけた。しかしサイズがサイズです。あんなものをかかえてマンションから出ていったら、目立ってしょうがない。やむなく諦めた。少し斜めに傾いたパネルをきれいに直してゆく余裕はなく、CDだけ持って、さっさと逃走した、と。そういうことだったんじゃないでしょうか」

＊

クリスマスイルミネーションの写真パネルに写っている若い女の素性は、すぐに明らかになった。竹之内《たけの》《うち》潤子《じゅんこ》、三十四歳。旧姓、後呂《うしろ》潤子。

もと〈アース・ファクトリィ〉の社員で、平和達樹と本里大悟とは同期入社だったという。夫の竹之内徹《とおる》は〈アース・ファクトリィ〉会長の次男で、同社専務取締役。徹に見初《みそ》められていわゆる玉の輿《こし》に乗った潤子は七年前に寿退社し、ひとり娘、すみれをもうけている。達樹の部屋に飾られていたクリスマスイルミネーションの写真パネルは、この竹之内親子を撮影したものだった。

「——再度確認しますが、七年前に退社して以降、平和達樹と個人的に会ったりしたことは一度もないのですね？」

音無は取調室の机を挟んで真向かいに座っている潤子に、そう訊いた。任意での事情聴取に応じた彼女だが、この七年間、平和達樹には一度も会っていないと一貫して主張している。ショートカットの似合う清楚な和風美人だが、その華奢《きゃしゃ》な印象とは裏腹に、双眸《そうぼう》には逡巡《しゅんじゅん》とは無縁の意志が静かに、しかし強く漲《みなぎ》っていた。

「ありません。彼がとっくに会社を辞めていることすら、知りませんでした」

「では、これまでに〈ダンディライオン・ハウス〉というマンションへ行かれたことはありますか。平和達樹が住んでいたマンションですが、別に彼に会うためでなくとも、他の用事で行かれたりしたことは？」

「一度もありません」

「たしかですか」

「もちろん、たしかですとも」

「では、この写真も」と音無は傍らの壁に立てかけたクリスマスイルミネーションの写真パネルを示した。「いま初めて、ご覧になった？」

「そうです。こんな写真、撮られていたなんて、全然知りませんでした」

「しつこいようですが、ほんとうに〈ダンディライオン・ハウス〉へ行ったことはないのですね、一度も？」

「ありません、一度も」

「では、どうしてこのパネルの縁から、あなたのものとおぼしき指紋が検出されたのでしょうか」

潤子の片方の眉が、ぴくりと微妙な動きを見せた。その変化はすぐに消えたが、もとの表情が菩薩《ぼさつ》の如く穏やかなだけに、ほんの一瞬、剝《む》き出しになった敵意は果てしなくどす黒かった。

「……なんですって？」

「平和達樹の部屋には、これを含めて写真パネルが四枚、飾られていました。そのどれにも複数の指紋が残留している。平和達樹本人のものと彼がパネル作製を依頼した業者のものがほとんどです。が、なぜか、このクリスマスイルミネーションの写真だけ、あとの三枚のパネルには付着していない指紋が残っていたのです」

「それがあたしの指紋だって言うんですか。いったいなにを根拠に？」

音無は、赤いハート形の箱を抱いた白いクマのぬいぐるみを取り出し、潤子の前に差し出した。「これ、憶えておられますか」

潤子は眉根を寄せた。困惑している。ほんとうに憶い出せないらしい。が、「十二年前に、あなたが平和達樹にプレゼントしたものです」のひとことで微《かす》かな動揺が走った。

「彼……まだ持ってたの」

うっかり独《ひと》り言《ご》ちるみたいにそう呟いてしまったことを悔いているのか、潤子は口惜《くや》しげに唇を嚙みしめた。

「このハート形の箱のなかに、こんな紙片が入っていました」と平和達樹の遺言のメモを見せる。「ここに明記されているように、ほんとうならこの子も、彼といっしょの棺に入れてあげなければならなかった。が、このとおり、わたしの責任で彼の遺志に背いてしまいました。やむを得ません。この遺書も含めて、重要な事件の証拠なのですから」

音無の声が聞こえているのかいないのか、潤子は心なしかぼんやりと、クマのぬいぐるみに見入っている。

「このハート形の箱からも複数の指紋が検出されている。平和達樹のものや菓子店の従業員とおぼしきものなど。そのなかから、ひとつ」と再度写真パネルを指さした。「鑑定の結果、この縁から採取されたものと一致する指紋がありました。いかがですか」

「いかが、って」我に返ったかのような態《てい》で潤子は失笑した。「それがあたしの指紋だとでも言うんですか。刑事さん、はったりもたいがいにしてください。仮にこのぬいぐるみが、あたしが彼にあげたものだとしても、ですよ。十二年も前の指紋なんて、とっくに消滅して、残っているわけないじゃありませんか。別人のものに決まっている」

「おや、なるほど。では照合のために、あなたの指紋のサンプルをいただいてもよろしいでしょうか」

「お断りします」

にべもない潤子の反応を無視するかのように音無は「これをご覧になってください」と一枚の写真を差し出した。平和達樹のダイイングメッセージが写っている。

「被害者がいまわの際に書き残したと思われる文字です。これをわたしたちは、Cではないかと考えました。ほんとうはCDと書こうとして途中で力尽きたのではないか、と。つまり平和達樹は、自分を殺した犯人の画像データをCDに保存していると捜査員に伝えたかったのだろう、と。しかし、そうではなかったんですね」

ふと音無と目が合った潤子は、慌てたように顔を背けた。

「わたしたちの考えはまちがっていた。そうです、あなたもよくご存じのとおり、ね」

「……なんのことかしら、いったい」

「これはたしかにCDのCでした。しかし平和達樹がメッセージを宛てた相手とは、わたしたち捜査員ではなかったのです」

潤子は音無から目を逸らしたままだ。

「実はこのメッセージは、そのときまだ現場にいた犯人に伝えようとして書かれたものだった。そうですよね」

「そんな。そうですよね、なんて、あたしに言われても困……」

「あなたはこの七年、ずっと疎遠になっていた平和達樹から突然、連絡を受けた。最初はおそらく郵便か宅配便で、証拠の写真が送られてきたのでしょう。あなたと本里大悟の不倫関係の決定的瞬間を捉えた、ね」

潤子は音無を真正面から見据えた。辛辣《しんらつ》な揶揄《やゆ》の言い回しでも探しあぐねているかのような眼つきで。

「そして頃合いを見て、電話をかけてきた。多分、公衆電話から」

怪訝《けげん》そうに眼を丸くした潤子は、一旦開きかけた口を慌てて閉じた。

「平和達樹はあなたに連絡するために自宅の固定電話を使わなかった。それはなぜか。自分があなたと接触した痕跡を残しておきたくなかったから――いえ、敢えてこう言い直しましょう、あなたが平和達樹という人間と接触したという痕跡を考え得る限り、すべて消しておきたかったからです。普段ひと付き合いのなかった彼のことだ、うっかり自宅の電話を使ったりしたら、その通話記録から警察は即座に竹之内潤子の存在に辿り着いてしまう。彼はそれを絶対に避けたかったのです。さて。ここまでわたしの話を聞いて、どこかおかしいとお思いになりませんか。どうして平和達樹は、警察が自宅の電話の通話記録を調べることを警戒したりしたんでしょう。そう、もうお判りですね。なぜなら彼は自分が死ぬことを知っていたからです」

マジックで書かれた平和達樹のメモを再び潤子の前に差し出した。

「当初、わたしたちはこのメモを、孤独な男性の遺言めいた覚書《おぼえがき》程度に考えていましたが、実は文字通りの遺書だったのです。ずっと音信不通だったあなたに、彼が急に連絡をとったきっかけは、もちろん本里大悟殺害事件でした。破天荒な想像をどうかご容赦ください」音無は、じっと潤子を見据えた。「本里大悟があなたによって殺されたと知ったとき、平和達樹はきっとこう思ったのでしょう……彼のことが羨《うらや》ましい、と」

がたん、と激しい音をたて、潤子は立ち上がった。まちがえようのない憎悪がその瞳に燃え盛っている。

「自分もあなたの手によって人生の幕引きをしたい、平和達樹はそう考えた。詳しい経緯は存じませんが、あなたは彼にとって唯一無二の女性だったのでしょう。あなたが寿退社をした直後、彼は早々と退職願を提出し、その一年後に会社を去ったのがその証拠です。あなたのいない会社に居続ける寂寞《せきばく》さに耐えられなかったのではないでしょうか。もうあなたのことを忘れようとしたかもしれない。が、忘れられなかったのでしょう。このクマのぬいぐるみをずっと持っていたこともそうですが、このパネル写真にしてもそうです。彼の部屋に飾られていたあとの三枚には必ずクマのぬいぐるみがいっしょに写り込んでいるが、あなたの家族写真だけはちがう。にもかかわらず、こうしてパネルにして飾っていた。それだけ竹之内潤子という女性の存在は平和達樹にとって特別だったのです。そんなあなたが本里大悟と密会していることを、趣味の写真の撮影中、偶然、知った。これはかなり確信を持って言いますが、彼は、あなたたちの不倫関係そのものについては、なんとも思っていなかった。どうでもよかったはずです」

怒りを抑えようとしているのか、握りしめた潤子の両手が震えている。

「どうでもよくなくなったのは、あなたが本里大悟を殺害したことを知ったときでした。それは平和達樹のような人間にとって、天啓とも言うべき出来事だった。彼はこう閃いたにちがいありません……そうか、その手があったのか、と」

「……あなた、おかしいわ、頭が」

「尋常ならざる発想であることは認めましょう。しかし彼は心底、本里大悟の人生の終わり方が羨ましくなった。自分も他ならぬ竹之内潤子の手によって生命を奪われたい、そのことでこの空虚な人生にもなにがしかの埋め合わせがつく、そんな妄執に囚われてしまったのではないかと想像します。が、自分の死後、あなたが警察に逮捕されるような事態だけは絶対に避けたかった彼は、入念な準備をする。〈ダンディライオン・ハウス〉へ呼び出す際も、素顔は極力曝《さら》さないよう、あなたに注意をしたのではないですか？　だからサングラスと白いマスクを装着した」

潤子は無言だった。立ったまま音無を見下ろし、全身から殺気を放っている。

「ほんとうなら彼は、この写真パネルも処分しておいたほうがいいと考えたでしょう。しかし他の三枚はたいせつに飾ってあるのに、なぜか一枚だけ処分したことが後でパネル作製を依頼した業者の口からばれたりしたら却って不審を招くと思いなおしたのではないかと考えられる。しかし、それは気の回しすぎでした。が、すべてが保存されているはずのＣＤコレクションから、なぜかあなたの家族写真の画像データだけが消去されている、その不自然な事実にわたしたちが着目することまで思いが至らなかった。本里大悟の写真にしても、あなたといっしょに写っているものも含めて念入りに消去したのでしょうが、他の家族連れの背後に小さく写り込んでいるものを一枚だけ見逃してしまった。結果的に完璧とはならなかったが、ともかく自分の死の舞台からは竹之内潤子の痕跡をすべて消しておかなければならない、その使命感こそが平和達樹を衝き動かした原動力でした。死ぬ間際、最後の力を振り絞って床に書いたこのダイイングメッセージにしても同様です」

ふいに潤子の全身から放たれていた殺気が霧散した。腑抜けた表情を無防備に曝したかと思うや、どすんと、尻餅をつくかのような勢いで椅子に腰を下ろす。

「彼が具体的に、どのようにしてあなたを操り、自分を刺すように持っていったかは判りません。が、あなたがいつでも行動に移せるよう、彼は自分が口にしないはずのフルーツを切り分けたりして、さりげなく凶器の果物ナイフをすぐに目につくところにスタンバイさせた。もしかしたら彼は事前に、あなたと本里大悟とのつながりを示す証拠を条件付きで渡すと伝えていたのかもしれない。その条件をあなたは到底受け容れられないという計算の下、自宅へ呼び寄せる。そして彼は自分を刺殺するよう、あなたを操った」

光を失った双眸で潤子は、ただひたすら虚空を睨み据える。

「あなたは平和達樹を刺した後、彼に見せられていた証拠の写真やメモリの類いを洗いざらい持ち去ろうとした。ここで、平和達樹にとって計算ちがいの出来事が起こる。あなたに、腹だけでなく、喉も刺されてしまったのです。死ぬ直前に、彼はあなたにどうしても伝えておかなければならないことがあった。それは証拠の品は、事前に見せた写真やメモリだけではなくて、まだあるんだ、ということ。しかし声が出ないで焦っているうちに、あなたは部屋から出ていこうとしている。瀕死の状態で、彼は必死であなたを引き留めようとした——まだ残っている、まだＣＤが残っているんだ、と。それがこのメッセージの意味でした」

虚ろな眼つきで潤子は頷いた。無意識の仕種《しぐさ》だったらしく、はっと我に返り、そんな自分に驚いたようだったが、表情は少し正気を取り戻している。

「声が出ない彼は、必死で暴れるか、床を叩くかどうかしてあなたの注意を惹き、そして自分の血を使って右手でメッセージを床に書いた。残念ながら途中で力尽き、Ｃしか書けなかったが、あなたは平和達樹がなにを言わんとしているかを察したのでしょう。そして彼に訊いた。もしかしてCDのこと？　と。彼は最後の力を振り絞って頷き、そして今度は左手で和室の隣りの洋間を指さした。おそらくあなたの画像データの入ったCDは、一眼レフカメラがあったのと同じ机か、ともかく目につきやすいところに置いてあったのでしょう。いや、判ってますよ、長々と、いろいろ想像過多だとおっしゃりたいんでしょ、竹之内さん。細かい部分でまちがいがあったら、遠慮なくご指摘ください」

「ケースに入った、数枚の……」そこで一旦口籠《くちご》もった潤子だったが、やがて淡々と続けた。「数枚のCDのあいだに、メモが挟んでありました。マジックで書いた」

「なんと？」

「これで全部です。安心してください……って」自嘲的に溜息をついた。「そんなこと言われても、そのときはとてもじゃないけど、素直に安心できるわけがなくて、ほんとうにこれで全部なのかと信用もできない、というのが本音でした。でも、ぐずぐずしているわけにもいかない。同じ机の上に置いてあった紙袋に、なにもかも放り込んで——」

ふと潤子は顔を上げた。頭上でなにか音が聞こえたかのように。「……そうか」薄く笑った。「そうか、いま思えば、あの紙袋も、平和くんが用意しておいてくれてたのか……道理で」

眼尻を拭う。その仕種を追いかけるようにして潤子の頰に涙がこぼれ落ちた。

「いま思えば……そう、いま思えば、判るんです。平和くんが他人の弱みに付け込むなんて卑劣な真似をするような人間じゃない、ってことは。ほんとに、いま、冷静に考えてみれば……

でも、いきなり本里との密会の証拠写真を送りつけられたときは、すっかりパニックになってしまった」

音無に促されるまでもなく、潤子は語り続けた。質問されていないことまで。

「同期という気安さもあったのかな、入社直後、あたしは本里と関係ができました。二年くらい続いて。そしたらある日、突然、彼は結婚した。ぬけぬけと披露宴に招《よ》ばれたときは、あたしったら、遊ばれちゃって、ばかだなあと落ち込みもしたけれど、本里の軽さにちょっと辟易《へきえき》してた面もあったので、未練とかはなかったんです。むしろ、あっさり関係を解消できて、さばさばしていた。本里とは完全に終わった、というつもりだったんです。少なくともそのときは」

「二年ほど関係が続いた、ということは、平和達樹にこのクマのぬいぐるみをプレゼントしたのは、本里と破局する前後ですか」

「心の隙間を埋めようって気持ちなんかは全然なかった、というと少し嘘になるかもしれないけれど。なんていうんだろ……平和くんには失礼な言い方になっちゃうかな、なんだか出来心みたいな感じで、彼にこれを」とクマのぬいぐるみを手に取った潤子は、涙を流しながら微笑《ほほえ》んだ。「ヴァレンタインにあげた。こっそりと。周囲の誰にも知られないよう、気をつけて」

「なぜまた、そんなふうに？」

「なぜだったのかな。いまでも自分の気持ちがよく判らないけれど、もしかしたら直感的に悟っていたのかもしれない。平和くんて、きっと他人を愛せないひとだ、と。いえ、ひとの愛し方を知らない、というほうが正確かな。とにかく、そんなふうに思った」

「どうしてそんなふうに、お思いになったのですか」

「だから、よく判らない、と。でも、平和くんはひとにほんとに愛されたことがないから、自分も愛し方が判らない、と。そんなふうに直感してたような気がする。もしかしたら、自分のその勘が当たっているかどうかを確認してみたかったのかもしれない」

じっと白いクマのぬいぐるみを凝視していた潤子の眼が、ふと和《やわ》らぐ。クマの頭部を優しく撫でた。

「確認、というより、実験みたいな感覚だったのかな。ただのチョコじゃなく、このぬいぐるみを選んだのは、これは義理じゃないのよってメッセージを込めたつもり。そのうえで、彼がどう反応するか、見極めてみたかった。果たして、あたしの予想通りになるのかどうか」

「あなたは彼の反応を、どんなふうに予想したのです」

「きっと無視するだろうなと思いました。だって彼は、他人の愛し方を知らないひとだから。明らかに義理じゃないチョコレートを貰ってもきっと、どうしていいか判らず、途方に暮れるだろう、と。普通にホワイトデイのお返しもくれないだろうし、これをきっかけにしてあたしにちょっかいをかけてくる、なんてこともしないだろう、と。そのまま黙って、すべてが沙汰止みになるのを、じっと待つだけなんだろうな、と——実際、そのとおりになりました。だから周囲の誰にも知られずにことを運んでおいてよかった、と思いました。当時は、ね」

「もしも彼が、ホワイトデイのお返しはともかく、あなたに好意を表明したりしたら、どうするおつもりだったのですか」

「そのときはそのときで、平和くんとほんとに付き合ってもいいなと思ってました。なんていうか、改めてこんなふうに説明してみるにつけ、我ながら支離滅裂だけど……実験の結果は予想通りだ、と」

クマのぬいぐるみを撫でていた潤子の表情が、まるで罅割《ひびわ》れのように歪む。

「予想通り……だと思ってました。いまのいままで。もしかしたら、そんな、ひとの気持ちを試すような真似をした、罰《ばち》が当たったのかな。あたしが結婚して退社した途端、本里がやってきたんです。例によって軽い言い回しだったけれど、要するに、よりを戻してくれ、と。あたしが断ったら、言うことを聞かないと以前の自分たちの関係を周囲にばらすぞと、脅迫まがいに」

「そんなことをしたら、すでに妻帯している彼本人のほうが困りそうなものですが」

「そうなんです。あたしもそう言い返してやりました。ばらせるものなら、ばらしたらいい、って。一旦はそれで引き下がったんだけど、やっぱり諦めきれない、よりを戻してくれないなら、もう生きていても仕方がない、馘首《くび》も離婚も覚悟で自分たちの以前の関係を社長にばらす、と。本気で破れかぶれになっているように思えて怖くなったあたしは、ついに根負けした。一度要求に応じてしまったら、あとは蟻地獄です。なんとか関係を断ち切ろうとしても、本里は諦めてくれない。どうしても別れると言うのなら、もう自分は破滅してもいい、みんなにすべてをぶちまけて自殺する、なんて脅す。いま思えば本気で死ぬつもりがあったかどうか怪しいものだけれど、そのときはこちらもノイローゼ気味で、もう彼の口を永遠に塞《ふさ》ぐしかないと思い詰めて、そしてラヴホテルで……」

「不思議なのは本里大悟が殺害されたとき、あなたの存在がまったく捜査線上に浮かんでこなかったことです。よほどうまく隠し通していたのでしょうか」

「というより、本里が破れかぶれで、おれはいつばれてもいい、覚悟はできてる、みたいな乗りで大胆に振る舞っていたのが逆に功を奏したのかも。あたしは全然覚悟ができていなかったから、本里を殺すしかないと決意したんだけれど、そのときにはすでにばれていたんですね。よりによって平和くんに……偶然、あの日に撮影されてしまって」

自嘲的な笑みを浮かべた次の瞬間、潤子はクマのぬいぐるみを胸に掻き抱き、わっと泣き伏した。身をよじって号泣する。

「ばかでした。あたし、ほんとに大ばかだった。平和くんのマンションに呼び出され、証拠写真のプリントを見せられた、そのとき、彼が言ったんです。本里のことが羨ましい、と。それを聞いて……それを聞いたとき、目の前が真っ暗になった。かっとなって、なにがなんだか判らなくなったんです。この男も本里と同じか、って。平和くんも本里と同じように、あたしの身体を貪《むさぼ》り尽くしたいだけなのか、って、そう思って……誤解だった。平和くん、誤解だったのに」

「まさに。まさに彼は、あなたがそう誤解することを確信し、敢えてそういう言い回しをしたのでしょう」

「我に返ったら、平和くんは血まみれになって床に倒れていた。喉は、狙ったわけじゃなくて、無我夢中で果物ナイフを振り回しているうちにたまたま当たったんだと思います。そして証拠写真のプリントの束を摑んで逃げようとしたそのとき、彼は床を叩いて、必死でなにかを訴えようとして。あとは刑事さんがおっしゃったとおりで……」

潤子は、はたとクマのぬいぐるみを睨み据えた。ぶるぶる全身が震え始めると同時に、狂気にも似た憎悪の念がその瞳のなかで一気に燃え上がる。

「おやめなさい、それだけは」

いきなり立ち上がって、クマのぬいぐるみを思い切り床に叩きつけようとした潤子の手を、音無は素早く押し止めた。

「あなたの人生を巻き込んで翻弄《ほんろう》した挙げ句に、自分勝手な死に方を選んだ平和達樹のことが憎いのは判ります。しかしこの子には、なんの罪もない」

「あたしは彼が憎いんじゃありません。愚かな自分が恨めしいだけよ。夫と娘の人生を狂わせてしまった自分を、この世から消し去りたいだけよ。こんな……こんなものさえ、あの男にあげなければ、あ、あげていなければ……いまごろ……いまごろは」

レイディ・イン・ブラック

「……これが凶器、ですか、どうやら」

音無美紀警部は白い手袋を嵌《は》めた右手で、床に転がっている透明の空き瓶を指さした。テレビCMなどでもよく宣伝されている、わりと有名な焼酎の銘柄のラベルが血まみれになっている。

「そのようです。これで被害者の頭部をメッタ打ちにしたらしい」

まだ若く現場の経験が豊富とは言えない音無の、目を背けたいのを我慢しているかのような険《けわ》しい表情が伝染したかのように、ベテランの江角刑事も顔をしかめた。

八月二十日。朝、八時四十五分。

連日の猛暑が続いている。予報では今日も暑くなるらしい。音無も江角もスーツの上着もネクタイも着けていない。

沓脱《くつぬ》ぎからリビングへと延びている廊下に仰向けに倒れた遺体に向け、鑑識課員がカメラのシャッターを何度も切った。Tシャツにハーフパンツ姿の被害者の顔面は石榴《ざくろ》さながらになっていて、たとえ身内でも生前の容貌をとっさには識別できないのではないかと思わせるほど凄惨な撲殺《ぼくさつ》状況だ。頭部への打撃をなんとか防御しようとしたのだろう、遺体の両腕も赤黒く腫れ上がっている。

「さきほど管理人に、ざっと話を聞いてきました」と江角は手帳を捲《めく》った。「この部屋の持ち主は長谷尾明美《はせおあけみ》、大手ブライダルサロンの経営者だそうです」

現場は今年二月に完成、各世帯の入居が始まってまだ間もない十二階建て新築マンション〈ラポール南風《なんぷう》〉、その四階の東側の角部屋、四〇三号室である。

「が、どうやら税金対策かなにかで購入しただけのようで、本人は住んでいない。代わりにその二十代の息子が、ときどき利用していたようだ、とか」

「利用していた、ですか。住んでいた、のではなくて?」

「当初は、朝、どこかへ出かけて、夕方、ここへ帰ってきている、つまり普通の勤め人と同じ生活——とばかり思い込んでいたそうですが、実は逆だった。夕方、ここへやってきて、朝方に帰ってゆく。朝、出勤して夕方まで詰めている管理人とちょうど入れ替わりのサイクルだったようだ、とか。どうしてそれが判ったのかといいますと、ですね、ガス会社の検針員から問い合わせがあったからなんだそうです、四〇三号室では、住人の入居以降、電気のメーターは回っているのに、ガスのほうが全然使用されていないようだが、だいじょうぶなんだろうか、と」

「なるほど。例えば独居老人が体調を崩して動けなくなっていたりしたら、たいへんですからね。ちゃんとチェックしないと」

「で、在室時に訊いてみると、持ち主の息子だと名乗る若い男が言うには、ここは仕事で使っているだけで、住んでいるわけではないので料理はしないし、風呂にも入らない。給湯器はほとんど使っていない、と」

「そういえば、さっき、ちらっと覗いてみたら、バスルームは未使用のようでしたね。鏡の保護フィルムも貼られたままで」

音無は遺体を注意深く避《よ》け、ダイニングと続きになったリビングへと入った。応接セットやダイニングテーブルなどの家具はいっさい見当たらず、真っ先に目に飛び込んでくるのは三架のイーゼルと油絵のカンバスだ。全部サイズが違うが、描かれているのは同じ女性らしい。どれも胸もとに大きなコサージュを付けた黒っぽいスーツ姿で、それぞれ正面からの胸像、佇立《ちょりつ》した横顔の全身像、椅子に座った全身像という構図だ。三枚を同時進行で描いてでもいるのか、いずれも未完成のようである。

イーゼルの横にはスチール製の事務机が二脚、並べられていて、その上は絵筆やパレットなどで雑然としている。それら画材に交じって、分厚い茶色の封筒が置かれていた。なかから札束がはみ出ている。

「なんともまた無頓着《むとんちゃく》な」音無はその封筒を手に取って、中味を数えた。「……七十二万円、か。これは最初からここに？」

「そうです。かなりめだつ場所にあるのに、犯人はどうやら、これには目もくれなかったようですな」

室内には絵の具特有の濃い臭いが籠《こ》もっているせいか、エアコンが利いているにもかかわらず、蒸《む》れたかのように空気が重く淀《よど》んでいた。

「このエアコンも発見時から？」

「はい。警官たちが到着したときから、ずっとついていたそうです」

音無はキッチンへ入った。一応冷蔵庫が置かれているが、食器棚や調理器具などは見当たらない。その代わり、壁に何枚もカンバスが無造作にたてかけられたり、段ボール箱が積み上げられたりして、すっかり物置スペースと化している。

「たしかに生活感は全然ありませんね。他の部屋にもテレビとかベッドとか、家具がまったく見当たらないし。仕事で使っている、と被害者とおぼしき男性は言っていたんですよね。ということは、この部屋の持ち主の息子さんは画家で、ここはそのアトリエだった。作画のため、夜間にのみこのマンションへ通ってきていた、と」

「どうやら、そういったところのようです。ところで、主任」と江角はイーゼルのほうを指さした。「この絵のモデルの女のことですが。当然、この部屋に出入りしたことがあるでしょうから、いずれ話を聞きにゆかねばなりませんが、彼女の名前、案外簡単に判明するかもしれません」

「といいますと？」

江角は白い手袋を嵌めた右手を掲げてみせた。掌《てのひら》に載っているのは、銀行のキャッシュカードだ。

音無はそれを江角から受け取った。銀行名といっしょに『オシカネ　ユミコ』という名前が刻まれている。

「これは？」

「そこに落ちていました」と江角はキッチンの対面式カウンターのほうを指さした。絵のなかで女性モデルが座っているのと同じ肘掛け椅子がカウンターのすぐ横にある。「その椅子の下に」

「なるほど、このカードはあのモデルの女性のものかもしれないわけですね」

「可能性はあります。ざっと見たところ、ここにはあの女の絵しかないようだし」

江角の言う通りだった。イーゼルに掛けられている三枚以外にもカンバスはたくさんあるが、未使用以外はいずれも同じ女性をモデルにした絵ばかり。そしてどれもこれも判で捺《お》したかのように未完成だ。

対面式カウンターに無造作に放り出されているスケッチブックを音無は開いてみた。半ば予想通りどのページも、明らかに同じ女性と判るデッサンで埋め尽くされている。

「どれもロングヘアと、髪形が同じなのはともかく、すべての絵でコサージュ付きの黒っぽいスーツ姿と、服装まで統一されていますね。被害者がご執心だったのはもしかして、この女性本人というより、特にこの服との取り合わせ、だったのかな？」

再び遺体を避けて廊下へ戻りながら、音無は沓脱ぎのほうを見やった。透明の空き瓶が六、七本ずつ詰められたビニール袋が三つ、整然と並べられている。見ると、どれも凶器となった空き瓶と同じ銘柄の焼酎だ。

「今日は、この地区の資源ゴミ収集日だったそうです。管理人の普段の勤務時間は午前九時からなのですが、月一《つきいち》の資源ゴミ収集日に限っては、住人たちの分別作業に立ち会うために、六時からマンションへやってきているんだとか」

「なるほど。見たところ、お酒の空き瓶や空き缶しかないようですが。もしかしてこれ、ひと月分？」

まとめられた空き瓶の横には、ひと回り大きいサイズのビニール袋が置かれていた。潰されたビールの空き缶が詰め込めるだけ詰め込められ、ぱんぱんに膨れ上がっている。

「これらを全部、ひとりで消費したのだとしたら、ずいぶんとお酒が好きなひとだったんですね、被害者は。それとも何ヵ月分か、溜め込んでいただけでしょうか？」

「いや、多分、これでひと月分でしょう。管理人によると、被害者がこの部屋を利用するようになったのは四月頃からだったらしいんだが、これまでにもいつも、かなり大量に酒の空き瓶や空き缶を資源ゴミの日に出していたそうです。マンションの規約では、資源ゴミに限らず、ゴミは朝八時までに住人専用集積所に出しておくことになっているそうですが、被害者はいつも時間ぎりぎりに、もしくは少し過ぎて、捨てにくるため、印象に残っていたんだとか」

「すると被害者は今日、ちょうどこれから資源ゴミを出そうとしていたところを犯人に襲われた、と。室内へ押し入ってきた犯人は、とっさに沓脱ぎに置かれていたビニール袋から空き瓶を一本、抜き取り、凶器に使った、と」

「おそらく。通報してきた第一発見者によると、玄関のドアは鍵が掛かっていなかったそうだから」

「その第一発見者はいま?」

「隣りの四〇二号室に。実はそこの住人なんだそうです」

「それがいったいどういう経緯で、こちらの部屋へやってくることに? よほど親しい付き合いでもあったのでしょうか。以前からの知り合いとか」

「それはご本人から。いまタケさんが付き添っています。そろそろ、まともに喋れるようになっているといいんですが」

「ひどく取り乱しているそうですね」

「もう哀れなくらい、ね。まあむりもないっちゃ、むりもない。年配のご婦人ですし。それに通報を受けて、いちばん近い交番から警官が駈けつけてきたとき、被害者の血はまだ完全には凝固していなかったそうですから、なおさら」

「なんとも生々しい現場に、不本意にも遭遇してしまったというわけですか」

音無は靴を履いて、四〇三号室を出た。隣りの四〇二号室へ向かう。江角もそのあとに付いてゆく。

〈ラポール南風〉は一階ごとに三世帯。東側と西側の部屋の間取りが4LDKで、真ん中は3LDKだ。そのせいか、四〇二号室のリビングスペースは先刻の現場よりも少し手狭な感じがした。あるいは単に四〇三号室はまともに家具を揃えていないせいで実際よりも広く見えただけかもしれないが。

「失礼いたします」と音無はソファに座っている、七十代半ばとおぼしき女性に声をかけた。

斜め向かいに腰を下ろした則竹佐智枝刑事に、身振り手振りをまじえて、なにやらしきりに訴えていた小柄で銀髪の彼女は、びくりと怯えたような顔を音無と江角のほうへ向けてくる。

「第一発見者の方ですね。ご心労の折、まことに申し訳ありませんが、少しお話を伺わせてください」

「お、お話もなにも、知ってることは全部、言いましたよ。ええ。さっきから、もう何度も何度も。おまわりさんにも。それから、この女刑事さんにも」

「何度も煩《わずら》わせてしまって恐縮です。が、いま一度、発見時の詳しい経緯をお聞かせください。どうかご協力をお願いします。まずお名前から」

「名前？　あたしの名前も、もう何度も」非難がましげに眼を吊り上げた彼女だったが、ふと表情を和《やわ》らげるや、まじまじと音無の顔に見入る。遅まきながらこの若きキャリアの並外れた美貌に感銘を受けたらしい。妙にそわそわといずまいを正すや、「まあ、まあまあまあ。ね、ね、あなた、いまお何歳《いくつ》？」と逆に質問してきた。「ひょっとして、ね、ねえ、お独《ひと》りなの？」

「二十八で、まだ妻帯はしておりません。若輩者《じゃくはいもの》ですみません。お名前をどうぞ」

「まあ、まあまあまあ、それはそれは。ね、あたくしね、十代の孫娘がいるのよ。ね、それが成人したらあなたに、ほんと、ぴったりだと――」

ごほん、と佐智枝が咳払いした。無駄口はいい加減にしてくださいとの含みを込め、じろりと彼女を睨みつける。途端に、不貞腐《ふてくさ》れたかのように下唇を尖らせながらも、しゅんと畏《かしこ》まってしまう通報者であった。どうやらいろいろ話し込んでいるうちに孫娘のような年齢の佐智枝とすっかり打ち解け、心情的に頼りにするようになったらしい。

「えと、あたくし、飯沼幸枝《いいぬまさちえ》と申します」

「ほう、サチエさん、ですか」と音無は思わず佐智枝を見やり、「それは奇遇だ」と唇をほころばせた。漢字は違うものの、下の名前の読みが同じだったことも互いに気安くなった一因のようだ。

「ご家族は」との質問に「いま、ここでは独り暮らしなの」と、くだけた口調で答えたことで一気に弾みがついたのか、子供や孫などは全員他県で独立していて誰も同居や介護をしてくれそうにないこと、昨年、夫が他界したのを機に思い切って家を処分し、鍵一本で管理できるマンション暮らしをこの六月から始めたばかりであること、等々。音無がいちいち質問せずとも、幸枝はどんどん喋りまくった。

「すると入居されて、まだ二ヵ月ほど、ですか。お隣りの長谷尾さんとのお付き合いは、これまでにどの程度？」

「そんなの、全然」

「長谷尾さんを以前から知っていたとか、そういうことでもない？」

「ぜんぜん、全然。六月に引っ越してきたとき、一応、挨拶にいったんだけど。あのひとに直接会ったのは、それっきり」

「すると、被害者とはこれまでに一度しか顔を合わせたことがなかった？」

「そう。第一印象がね、なんていうか、表情が暗いし、喋り方もぼそぼそしていて、はっきりしない。無愛想ってほどじゃないんだけれど、なんだか、とっつきにくそうなひとだなあ、と。お若いんだけど、学生さんって感じでもないし。明らかにここに住んでいるわけではないようだったし。お仕事、なにをされているのかもよく判らなかったし。まあその、亡くなった方のことをあれこれ言うのもなんですけれど、こんなひとがお隣りさんでだいじょうぶかしらとちらっと、ほんとにほんの、ちらっとですけど、不安になったっていうのが、まあその、正直なところで」

「するとお隣りとの付き合いは、まったくなかったということですよね。それがいったいどういう経緯で異変を発見することに?」

「だって、ものすごい音がしたんだもの。どーん、って」幸枝は大きく眼を剝《む》き、両腕を拡げた。「まるで爆音みたいな。いったいなにごと? って感じの」

「何時頃のことです」

「八時。今朝の、ちょうど八時。テレビの時刻表示を見てたんだから、まちがいない」幸枝は某公共放送が毎日放映している、朝の連続ドラマのタイトルを口にした。「――あれを楽しみにしてるの。ここ何年か、朝の連ドラはろくなものがなかったけど、今度のは、そりゃあ面白くって。刑事さん、ご覧になってる? 観《み》てない? お勧めですよ。あー、でも今朝は観そこなっちゃった。再放送、ちゃんと押さえなきゃ」

「ちょうど八時のドラマが始まったとき、隣りの部屋で、なにか尋常ではない音がした、と。具体的にどういう音でした?」

「だから、どーん、とか、どすん、とか、そういう。なにかが床に落ちたか、それとも壁にぶつかったか、ともかくそんな音。お隣りさんたら、朝っぱらから、いったいなにやってんの、と訝《いぶか》ってたら、続けて、ものすごい叫び声が」

「叫び声、ですか。男の？」

「そのときは男か女かも判らない。まるで獣の咆哮《ほうこう》みたいな。も、あたくし、びっくりしちゃって。しかも、それが続くのよ、何度も何度も。こっちはなにごとなのか全然判らないから、不安になるばかり。正直、かかわり合いにはなりたくなかったけれど、これはさすがに放っておいたらまずいんじゃないかって気がして。どっちみち、もうドラマには集中できなくなってたから、思い切ってお隣りの様子を見にゆくことにしたんです。そしたら……」幸枝は、ごくりと生唾を呑み下して間を取り、玄関のほうを指さした。「サンダルを履いて、出てゆこうとしたら、お隣りのドアが開く気配がしたの。で、靴音が、小走りで、この部屋の前の廊下を駈け抜けていったんです」

「どういう靴音でした？」

「ハイヒールだった、明らかに。あ、そういえばお隣りにときおり、女のひとが出入りしてた。長谷尾さんの奥さんとか家族でもなさそうな感じで、いったいなんなんだろうと普段から不審に思ってたから、あたくし、用心して、そっとドアを開けてみたんです。そしたらちょうど女が、エレベータの前を通り過ぎて、階段を駈け降りてゆくところで」

エレベータの乗降口は、廊下を挟んで、四〇二号室と四〇一号室のほぼ中間地点の前に位置している。非常階段は四〇一号室の玄関ドアのほぼ真向かいで、エレベータ乗降口のすぐ横だ。

「どんな女でした?」

「顔は見えなかったけど、さらさらっとした長い髪で、黒っぽいスーツを着てた」

音無は江角と顔を見合わせた。

「あれは、そう、ほら、学生さんが就職活動のときに着るような、野暮《やぼ》ったい。この季節になんでわざわざそんな暑苦しい服、着てるの? って。まあ存外、素材は通気性がいいものなのかもしれないけれど、それにしたって変な感じ。おまけに階段を駈け降りてゆくその様子が、なんだかただごとじゃない雰囲気で。気になって仕方がないから、すぐにお隣りさんの部屋へ行ってみた。そしたら何度チャイムを押しても、返事がない。もう放っておこうかなとも思ったんだけど、ドアノブに触れてみたら、鍵が掛かっていなかったから。思い切ってドアを開けてみた。そ、そしたら、玄関口からすぐのところの廊下に、あのひとが倒れているのが見えて……」

その場面が鮮烈に脳裡《のうり》に甦ったらしく、幸枝は嘔吐《おうと》感をこらえてでもいるかのように両手で口を覆った。

「急病とかそんなんじゃない。明らかに誰かに殴られて殺されてると判ったから、慌てて自分の部屋へ戻ってきて、警察に通報したというわけなの」

「救急車を呼ぼうとは思わなかった?」

「だって何度も名前を呼んでも、ぴくりとも動かないし。そりゃ脈をとったりして確認したわけじゃないけれど、とにかく一刻も早く警察だと」はあっと幸枝は大仰に溜息をついた。「よくドラマではさ、ああいうとき、女優さんたちって思いっ切り悲鳴を上げるじゃない？　あたくし、自分もね、同じように大声を上げるものだと思ってた。でもね、実際には声が出ないのね、ああいうときって。呼吸の仕方も忘れちゃったような感じで、ただただもう、パニック状態。あのままだったらきっと、電話しようとしても声が出なかったんじゃないかしら。でも、ここの玄関でサンダルを脱ごうとしたとき、足がもつれて、転んじゃって。思わず、痛いっ、て呻《うめ》いた。それでようやく口がきけるようになったの」幸枝はスカートの裾を少しずり上げ、自分の右膝を見せた。青黒い痣《あざ》ができている。「もしもあそこで転ばなかったら、通報しようとしても喋れないままだったかも」

チャイムの音が鳴った。ドアが開く気配とともに「失礼します」と声がした。桂島刑事がリビングへ入ってくる。「主任、ちょっとよろしいでしょうか」

「すみません、もう少しお待ちいただけますか。飯沼さん、通報の際、先方にどのように伝えました？」

「どのように、って。ありのまま。このマンションの名前を言って、四〇三号室の男のひとが血まみれになって倒れているから、すぐに来てくれ、と。なんとか喋れるようになっていたとはいえ、やっぱり慌ててたから、要領よく説明できたかどうかは自信がないけれど。受話器を置いてからようやく、自分が床に尻餅をついていることに気づいたくらい。おまわりさんたちがやってきて、階下からインタホンで呼び出されたから、オートロックを解錠して。上がってきたところを迎えるために部屋を出ようとしたとき、ちょうど朝のドラマが終わるところだった」

録音記録によれば、幸枝が一一〇番通報したのが午前八時七分、最初に警官がマンションに到着したのは八時十三分だ。

「隣りの部屋から出ていったという女のことですが、階段を駈け降りてゆく際の顔は見えなかったんですよね。ということは、ときおり隣りの部屋に出入りしていた女と同一人物かどうかは判らない？」

「でも、きっと同じ女じゃないかしら。だって、ロングヘアだったし、同じような黒っぽいスーツ姿だったし」

「あ、何度もすみません、主任」と桂島が口を挟んだ。「ちょっとぼくのほうから飯沼さんに質問させていただいても、よろしいでしょうか」

「あ、どうぞ」

「階段を駈け降りていったという女のことですが、そのとき、手になにか、持っていませんでしたか？」

「えーと、いいえ、なんにも持っていなかったと思う。もしもなにか提《さ》げてたりしたら、きっと気づいたはずよ」

「そうですか——主任、ちょっと」

桂島に促され、音無と江角は四〇二号室を後にした。立ち上がるタイミングを微妙に逸した佐智枝は、そのままもうしばらく幸枝のお喋りに付き合わされる。

「あれを見てください」

三人はエレベータ乗降口のすぐ横の階段へとやってきた。鑑識課員が手摺《てす》りの指紋の採取作業をしている。そのあいだを縫うようにして桂島が指さしたのは踊り場だ。そこにビニール袋が無造作に置かれている。中味は透明の空き瓶が六本。四〇三号室に大量にあった空き瓶と同じ銘柄の焼酎だ。

「あれってもしかして、被害者の部屋から持ち出されたものでしょうか」

音無は踊り場へ降りていった。ビニール袋のなかを覗き込む。「たしかに、現場にあったものとまったく同じですね。すると被害者が今朝、資源ゴミとして出そうとしていた空き瓶の袋は全部で四つあった、と」

「だとしたらどうして、ひと袋だけ、こんなところに放置したんでしょう?」

「ひと袋だけ持ち出して、とりあえずここに置いてから、あとの分を取りに部屋へ戻った……というわけではなさそうですね」

「違うでしょう。これが、とりあえず置いたところがエレベータの前ならば、まだ判ります。例えばゴミを出しにゆこうとしたらエレベータが最上階の十二階に停まっていて、四階まで降りてくるまで時間がかかりそうだったから、とりあえず昇降ボタンを押して待つあいだ、部屋へ戻ってあとの分のビニール袋を持ってこようと自室へ戻った、とか。そういう事情だったんでしょうから」

「しかしこうして、エレベータの前にではなく、階段の踊り場に放置している。被害者がそんなことをする理由はありそうにない。だとすると、もしかして犯人が逃走する際、持ち出そうとしたのかもしれない、と。桂島くんはそうお考えになったわけですね」

「はい。だから飯沼さんに訊いてみたんですが、どうやら違うみたいですね。それに、このビニール袋を持って小走りに廊下を駈け抜けたとしたら、中味の空き瓶同士がぶつかって、かなり耳障りな音がしたでしょうから、いやでも印象に残りそうなものだし」

「だとしたらやはり、ビニール袋をここに放置したのは被害者だったのか……」

独《ひと》り言《ご》ちるように呟いた音無は階段を、ゆっくり降りていった。桂島と江角もそれに続く。

三階、二階、そして一階に到着すると、前方は行き止まりになっていて、左右にそれぞれドアがある。

向かって左のドアを開けると、マンションの一階ロビーへ出る。ロビー内にはエレベータ乗降口。住人たちの郵便受、そして建物のエントランスホールへと通じるオートロックの扉など。

音無は向かって右のほうのドアを開けてみた。建物の正面から向かって右横、つまり西側の敷地内へと出るマンションの勝手口で、目の前には駐輪場がある。そのすぐ傍《かたわ》らの、壁を四方で囲まれた青天井スペースが住人専用のゴミ集積所だ。

「ゴミを出すときは、エントランスホールへ回らないで、こちらの勝手口を使ったほうが早そうですね」踵《きびす》を返そうとして、ふとドアのハンドルレバーに触れた。「まてよ。一旦この勝手口から外へ出てしまうと、屋内へ戻るとき、鍵が必要ですよね。被害者は鍵を携行してましたか?」

「いいえ。キーホルダーは、電話のモジュラーケーブルの挿入口の下の棚に置いてありました。ちなみに電話は引いていなかったようだが」

「すると、ゴミを出そうとして、外へ出てゆくのはいいとして、戻ってくるときはどうするつもりだったのでしょう」

「それはもちろん、こちら側から」

江角は勝手口とは反対側の、向かって左のドアからロビーへ入った。オートロックの自動扉を開け、エントランスホールへと出る。各戸の呼び出し用インタホンのパネルを示した。

「暗証番号を打ち込めば、自動扉は開きますから。鍵がなくても戻ってこられる」

「でも、それだと集積所からわざわざこちらの正面玄関へ回ってこなければならない。勝手口のほうがずっと近い。ちょっと遠回りのような気がしますが」

「一般論ですが、朝のゴミ出しの際、いちいち鍵を持ち回るほうがめんどくさい、という向きが大半じゃないかという気がしますね。この地区は可燃ゴミが月曜と木曜、プラスチックが水曜と、週に三回、収集日があるそうだし、すぐに戻ってくるってことで、部屋のドアも施錠しないのに慣れっこになってるんじゃないですか」

「たしかに。遠回りといったって、それほどの距離じゃない。ただ、被害者がそういうタイプだったかどうかは。あ、もしかして、主任、被害者は鍵を取りに戻ろうとしたんじゃないでしょうか」

「といいますと？」

「ひと袋、持って階段を降りようとして、ふと鍵を持っていないことに気づいた。たしかに暗証番号で正面玄関からでもマンションに入れるが、彼は普段から勝手口のほうを利用するタイプだったので、とりあえず袋は踊り場に置き、自分の部屋へ戻った」

「そこを犯人に襲われた……ということですか。なるほど」言葉とは裏腹に、音無はどこかしら釈然《しゃくぜん》としない面持《おもも》ちだ。「被害者が、普段から勝手口のほうを利用する習慣だったのだとすれば、なんの不思議もない……たしかにそうなんですが」

しばし考え込んでいた音無だったが、結局自分がなにに拘泥《こうでい》しているのか、いまいちよく見通せないとでも言いたげに、うっそりと肩を竦《すく》めた。

「ええ、たしかにそう……なんですが」

＊

被害者の名前は長谷尾翔市《しょういち》、二十六歳。大手ブライダルサロン〈ハート・ネット・ハンド〉の社長、長谷尾明美の息子だ。明美は前夫とは離婚しており、現在の経営上のパートナーと事実婚状態らしい。が、息子の翔市は仕事を手伝ったりすることもなく、死亡時は無職だったという。

翔市は画家志望で、芸術大学を目指したものの、受験にことごとく失敗する。三浪した末、専門学校のデザイン科に入ったが、どうしても馴染めず、途中退学。ひと付き合いが苦手な彼はその後、定職に就かず、アルバイトもせず、長らく引き籠もりのような生活が続いた。

さらに深刻な精神的危機を迎えたのが、昨年の冬。翔市の高校時代の担任だった女性教諭が、病気で急死した。ひそかに彼女に真剣に憧憬《どうけい》の念を抱いていたという翔市は傍目《はため》にもひどいショックを受け、葬儀から戻ってきた後は魂の脱《ぬ》け殻のようで、いつ発作的に首を吊ったりしてもおかしくない状態だったらしい。

〈ラポール南風〉の四〇三号室をアトリエとして使ってみることを翔市に勧めたのは明美だったという。ひがな一日実家に閉じ籠もっていても気持ちが鬱《ふさ》ぐばかりだし、絵が描きたいというのなら一度、好きなだけ作画に没頭させてみるのもひとつの手だと考えたらしい。自分には才能がないと思い知れば、また別の道が開けるかもしれない。いずれにしろ気分転換が必要だ、と。

夕方、定まった時刻に〈ラポール南風〉へ向かうものの、どうせろくに絵も描いてはいまい、明け方まで飲んだりしてだらだら過ごし、朝になったら実家へ帰ってきて、眠る。そんな昼夜逆転した自堕落な毎日を送っているだろう、明美はそう思っていたらしい。それでもいい、とにかくひとりでじっくり考える時間を与えるため、敢《あ》えて口は出さず、しばらく様子を見るつもりだったのだという。そのため、生前の翔市が曲がりなりにも絵を描いていたことを知った明美は、かなり驚いたようだ。

「こんなに……？」とイーゼルに掛けられたカンバスを前に、眼を丸くしている。「あの子ったら、ほんとにこんなに？　これ全部、ほんとに翔市が描いていたんですか」

「どうやらそのようです」明美の表情に、息子を失った心痛とはまた別種の複雑さが加わったのを見てとり、佐智枝は憐憫《れんびん》の情を覚えた。「ご存じなかったのですか」

「知りませんでした。この部屋で、ひとりでなにもせずに、だらだらしているだけ、と思ってたから。あ、じゃあ、あれって嘘じゃなくて、ほんとうのことだったのね」

「あれ、といいますと？」

「翔市はこのところ、あたしにやたらにお金をねだるようになっていたんです。それもかなり多めに。絵の具や筆、画布などの画材がもっと必要だから、とか。モデルを雇うことにしたからモデル料を支払わなければならない、とか。そんなふうにもっともらしい口実で。いえ、あたしはてっきり、もっともらしい嘘だとばかり思ってたんですけど、ほんとうだったのね、どうやら」

「嘘だと思っていたのに、ねだられるままにお金を与えていたのですか？」

呆れるあまり、佐智枝の胸からは先刻の憐憫の情がすっかり霧散してしまった。どうやら相当息子を甘やかしていたようだ。

「ひょっとして、この画材といっしょに机に置かれていた茶封筒の現金が？」

「えと。七十二万円、ですか。はい。先週だったか、先々週だったかに、二百万、追加であげた分の残りだと思います。たしかこんな封筒に入れてたし」

翔市が〈ラポール南風〉の四〇三号室に通い始めた四月以降、明美がなんと、合計一千万円もの現金を息子に渡していたと知るに至っては、佐智枝は開いた口が塞《ふさ》がらない。

「長谷尾さん、たいへんよけいなお世話かもしれませんが、身体だけおとなで精神的には自立できていない息子さんにそんな無闇に、常識を疑われるほどの大金を与えたりするのはいかがなものかと。犯罪とまでは申しませんが、なにか善《よ》からぬことに散財した挙げ句、決定的に道を踏み外してしまうとか、そういう心配はなさらなかったのですか」

「でもあの子は、夜の街で遊び歩けるような性格ではありませんでしたし」と明美は妙にピントのずれたことを真顔で口にする。「なにしろ引っ込み思案だったから。すごくきれいなひとをモデルとして雇った、なんて口だけだろう、と。女性とそんな交渉ができる度胸なんかあの子にあるわけがない、とばかり思ってたのに。まさか……まさか、こんなに情熱的に絵に打ち込んでいただなんて」

佐智枝にとっては、情熱的というより、偏執的な印象が強いが、もちろん口にしたりはしない。

「ということは、長谷尾さんはこの絵のモデルの女性が誰なのか、ご存じない？」

「全然知りません。かなり写実的に、じょうずに描けているので、もしも面識のある方なら、すぐに判ります」

さりげなく発揮される明美の親馬鹿ぶりに佐智枝は内心苦笑気味だったが、息子を失った哀しみがそれでいくらか紛れるのならば、生前の被害者のイメージを多少美化するのも遺族にとってはひとつの方法であるかもしれないと思いなおす。

「ん？　あれ……でも」明美はまじまじと亡き息子の遺作に見入った。「そういえば、これって、ちょっと彼女に雰囲気が」

「お心当たりがあるのですか、モデルに」

「いえ、特に造作が似ている、というわけではないんですけど、この絵を見る限り、あのひととちょっとムードが共通しているかも、って気が、ふとして」

「あのひと？」

明美の言うあのひととは松室鮎華《まつむろあゆか》。昨年の冬、急死したという、翔市の高校時代の担任だった女性だ。

「美術の先生で。当時三十くらいだったかしら、翔市はどうやらその先生のことを、女神の如く崇《あが》めていたようです。絵を描こうとしたのはその松室先生の影響も確実にあったのではないかしら。彼女が顧問をしていた美術部にも入ってたし」

「すると息子さんは、その憧れの女性教諭に似た雰囲気のモデルを、どこからか見つけてきた、ということでしょうか」

「もしかしたら。でも、いま言ったように、決して顔がそっくり、というわけじゃないんですよ。その松室先生に、あたしも何度か直接お会いしたことがあるんだけど、髪はショートだったし、メガネをかけてたりして。特徴的に似ているところなんて、あまりなかったはずなんだけど。うーん。なぜこんなふうに先生のことを連想するのかな。えと。もしかして、この服のせいかしら」

「服?」

「その松室先生も、普段からよく黒い服を着ていたそうなので。黒い装《よそお》いとの取り合わせが神秘的だ、みたいなことを翔市が、なにかの折に真面目くさって言っているのを聞いたことがあった。あたしも、神秘的なのかどうかはともかく、まるで喪服みたいなのに、不思議に陰気な感じはしないな、なんて思った覚えはありますが」

「オシカネ ユミコという名前に、なにかお心当たりは」

「オシカネ? いいえ、って。えと、どういう漢字ですの」

「それは判りませんが、苗字ではなく、ユミコという名前にも?」

「さあ。知人にはいないと思います」

「息子さんが、例えば誰かの恨みを買っていたとか、そんなお心当たりは?」

「それもまったく。だいたいあの子は、親が言うのもなんですけど、内向的で。将来社会に適応できるかどうか心配だったほどで。もちろん、あたしの与《あずか》り知らぬ交友関係とかがあったのかもしれませんが。あ、あの、刑事さん……もしかして、怨恨《えんこん》だったのですか、翔市が殺された理由って」

「まだなにも断定できてはいません」

「あ、そ、そうか。そうだ。七十二万円もそこに置いてあったのに、全然手つかずだったんですものね。だったら強盗目的なんかじゃない、やっぱり怨恨で」

「いま言ったように、まだなにも断定できる段階ではありません。息子さんが誰かの恨みを買っていたのではないかというのは、すべての可能性を検証するための、あくまでも形式的な質問にすぎません」

佐智枝は一応そう説明したものの、現段階で捜査陣は、長谷尾翔市殺害事件の背景には怨恨、もしくはそれに準ずる根深い動機があったものと考えている。凶器となった空き瓶から翔市のもの以外の指紋がいっさい検出されなかったからだ。布かなにかで拭った痕跡などもまったくない。犯人はおそらく手袋を嵌めていたと思われ、この猛暑の季節柄、それが偶発的だったとは考えにくく、従って犯行には強い計画性が窺える。

ただ指紋に関してはひとつ、不自然な点があった。それは凶器のみならず、階段の踊り場に放置されていたものも含めて、すべての空き瓶、そしてすべての空き缶からも翔市の指紋しか検出されなかったことだ。たとえ照合不能であっても、例えば酒店の従業員のものとか、被害者以外の指紋がいくらか残留していて当然なのに、なぜか翔市のものしか検出できない。しかも空き瓶、空き缶、それぞれ一本あたりの残留数が極端に少ないのも変だった。

この疑問は明美の「あの子は妙に潔癖症というか、神経質なところがあったんです」という説明であっさり解けた。翔市はアルコールに限らず、ジュースでもなんでも、飲み干した後、その容器を必ず水で内部も外部も丁寧に洗って、乾燥させる癖があったのだという。そうしておかないと、ゴミとして捨てるまでのあいだ、他の者にはまったく感知できない程度の飲料の残り香が、気になって気になって仕方がなかったらしい。ゴミ用のビニール袋に詰める際に付着した指紋しか残っていないのは当然だったわけだ。

「形式的な確認なのでどうかお気を悪くなさらないでください。長谷尾さん、八月二十日の朝、八時にどこにおられましたか。またそれを証明してくださる方はいますか」

現場の真下の三〇三号室、および真上の五〇三号室のそれぞれ住人たちの証言から、犯行時刻は八月二十日午前八時と改めて断定された。その時間帯、双方の世帯ともに公共放送のチャンネルに合わせてテレビをつけており、朝の連続ドラマが始まるのとほぼ同時に四〇三号室の異状に気づいたという。なにか重量のあるものが倒れるような音に続き、叫び声が何度も聞こえたという点など、すべてにおいて飯沼幸枝の証言と合致している。唯一の相違は、三〇三号室、五〇三号室の住人ともに、ただごとではないと思ったものの、わざわざエレベータや階段を使ってまで様子を見にゆこうとはしなかったことだ。もしかしたら単なる家族間のトラブルなのかもしれないし、普段から四〇三号室の住人は得体の知れない若い男という印象が強く、いずれにしろ厄介ごとにはかかわり合いになりたくなかったという。

「その日の八時でしたら、浅川《あさかわ》の運転する車で出勤途中でした」

浅川とは、明美の経営上のパートナーでもあるという事実婚の相手で、彼女よりかなり歳下《としした》の三十八歳。その浅川にも一応事情聴取を行ったが、内縁の妻の息子とはいえ、普段から翔市とはあまり交流がなかったらしく、有益な証言はなにも引き出せなかった。

一方、江角と桂島は銀行へ赴き、犯行現場から発見されたキャッシュカードについて、担当者に尋ねた。その結果、カードの持ち主『オシカネ　ユミコ』の身元はすぐに判明した。漢字は『押鐘由美子』と書くという。

ところが銀行の担当者は、「でもこのカード、少し前に紛失届が出されていますが」と記録を見ながら当惑気味だ。

「紛失届？　え。この押鐘由美子本人から、ですか？」

「そうです。連絡があったのは七月七日、七夕《たなばた》でしたが、いつ失《な》くしたのか、正確な日時は判らないとのことでした。どこで失くしたのかもまったく不明だが、ともかく見当たらないので、カードの使用を差し止めたい、と」

「それで、どうしました」

「然《しか》るべき手続をしたうえで、新しいカードを再発行しました。もちろん暗証番号とか、なにもかも変更して」

以上の報告を、江角から携帯で受けた音無は、すぐに銀行側から入手した番号に電話をかけた。たまたま在宅していた押鐘由美子に、警察の者ですが、少しお話を伺いたいのでお会いできる場所を指定して欲しいと告げると、いまからなら自宅へ来ていただいてかまわないと言う。

押鐘由美子の夫はごく普通のサラリーマンで、彼女は専業主婦とのことだったが、二階建ての洋館はなかなか豪奢《ごうしゃ》な構えだ。夫婦と息子の三人家族だというから、なおさら広く感じる。

その玄関で出迎えてくれた由美子をひとめ見て音無は思った、やはり彼女が問題の翔市の絵のモデルなのではないか、と。服装こそ夏向きの涼しげな色合いのワンピースだが、すっきりと鼻筋の通った卵形の顔だちといい、その美貌といい、そしてなによりも長いストレートの黒髪といい、絵にそっくりだ。

「突然、お邪魔して申し訳ありません」と音無は身分証明書を示した。「現在捜査中の事件に関してお伺いしたいことがあります。ぜひご協力をお願いします」

あるいは音無の、端麗な容姿や上品な物腰に眩惑《げんわく》されでもしたのか、電話ではわりと慇懃無礼《いんぎんぶれい》な受け応えをしていた由美子も、「どうぞ、どうぞどうぞ、お上がりになって」と妙にいそいそと応接間へ案内してくれる。

「立派なお宅ですね。おや、これは」と音無が目敏《めざと》く見つけたのは、飾り棚に、ちょこんと鎮座ましましている白いテディベアだ。ハードタイプで、首に、名前を言えば誰でも知っている、某有名ファッションブランドのロゴの入った黄金色のペンダントをぶら下げている。

「ほう、これは奥さまの？　よくこんな限定品が手に入りましたね。いや、なかなかお目が高い」

「息子がプレゼントしてくれたんですの、あたしの誕生日に」

「え。それはさぞかし、たいへんだったのでは。わたしはたまたま、これが売り出されたときの店頭価格を見て知っているのですが、とてもお子さんが簡単に買えるものではありませんよ。他人《ひと》ごとながら、ちょっと心配になります。たいせつなお小遣い、いったい何ヵ月分、かかったんだろうと」

「まあ、お小遣い、だなんて。息子はもう二十歳なんですのよ」

「なんと。まさか、もう成人した息子さんがいらっしゃる？　失礼ながらてっきり、わたしと同年輩だとばかり」

「いくらうまいこと、おっしゃっても、なんにも出ませんことよ。お茶以外は」と紅茶セットをコーヒーテーブルに並べながら、由美子は艶然《えんぜん》と微笑《ほほえ》む。「息子は一浪して、この四月に、やっと大学生になったばかりなの。それはいいんだけど、せっかく自宅からでも通えるところに入ったっていうのに、独り暮らしをしたいからって、わざわざワンルームを借りたりして」

「それはやっぱり親もとからはなるべく離れて、自立したい歳頃でしょうから」

「ここから自転車でほんの十分かそこらの距離なのよ。親もとに留まっているのと同じようなものだわ。おまけに洗濯物やらなにやら持って、しょっちゅう帰ってきてるし。どこが自立なんだか。まあ本人も、いくらか引け目を感じてるのかもね。このクマちゃん、先月、お友だちと郊外のアウトレットモールに遊びにいったとき、見つけたんですって。お金、だいじょうぶだったのって訊いたら、バイト代で余裕で買えたとか言ってたけど、もしかしてあれって、かっこつけてたのかな。刑事さん、このクマちゃんて、ほんとにそんなにお高価《たか》いんですの？」

「もしもわたしが、このテディベアを女性にプレゼントするとしたら、それは彼女と結婚するときですね」

贈り物にすると同時に、事実上自分の所有にもしなければ気がすまないレベルの逸品、という意味の婉曲《えんきょく》な言い回しだったのだが、なぜか由美子はその言葉にうっすらと頰を赤らめた。テディベアの話題ならば何時間でも淫《いん》していられる音無だったが、そういうわけにもいかない。勧められたソファに座り、本題に入った。

「……え？　長谷尾翔市？」

由美子は眉根を寄せ、首を傾《かし》げた。

「ご存じありませんか」

「いいえ。いま初めて聞きました」明美から借りてきた翔市の顔写真を見せても、由美子はただ首を横に振るばかり。「あのう、いったいどうしてあたしがこの男のひととなにか関係がある、などという話に？」

「それは」と現物はまだ江角が持っているキャッシュカードの写真を、音無は由美子に見せた。「これが、この長谷尾氏の部屋から見つかったからです」

「え。え、え、え？」由美子は、ぽかんと口を開け、眼を瞠《みは》った。「これって、もしかして、あたしの？ え。え？ ど、どうしてこれが？ その、なんとかっていう男のひとの部屋なんかに？」

「それをいま調べているのですが。このカード、銀行に紛失届を出されたのは先月のことだそうですね。いつ、どんなふうにして失くされたんです？」

「それがまったく判りません。気がついたら見当たらなかったので、急いで銀行に知らせて、使用を止めたんですが……」

「例えば、どこかで盗まれた、とか」

「断言できる自信はないけど、そんなことはないと思います。ただひとつ、考えられるのは、あたし、ＡＴＭから引き出すとき、例えば手が荷物で塞がってたりしたら、カードとお金を財布に入れずに、そのままポケットに突っ込んで家に帰ったりすることがあるので……もしかしたら、ほんとに、もしかしたら、なんですけど、そのときに」

「掏《す》られた、とか？　あるいはポケットに入れそこなって、落としてしまったのではないか、とか？」

「かもしれません。というか、そんなことしか思いつかないんですけど……」由美子は再び翔市の顔写真を見た。「このひとが掏り盗ったのか、それともどこかに落ちていたのをたまたま見つけて、拾っただけなのか。よく判らないけど、そもそもこのひとって、どういう方なんですの？」

「絵を描いていたようです。といっても本職の画家という意味ではなく、その修業中、みたいな感じだったようですが」

「画家……」胡乱《うろん》に曇った由美子の眼の焦点が、ふいに合った。「あ、ひょ、ひょっとして、あの男」

「なにかお心当たりが？」

「えと、あれは去年の冬のことだった。身内で不幸があったんです。甥っこが、バイクの事故で。その葬儀の後、斎場の施設で簡単な精進落《しょうじんお》ちをしたんですけど。その途中で、あたし、ちょっとお手洗いに立って、そして会場へ戻ろうとしたら……」

二十代とおぼしき若い男に、唐突に声をかけられたのだという。自分は画家志望だが、モデルになってくれないか、と。その男も喪服姿だった。

「それがこの男性でしたか？」

「なにしろ会ったのは、それ一度きりだったから、いまいち自信はないんですけど……言われてみれば、たしかにこんな風貌だったような気もします」

「モデルになってくれと頼まれて、それでどうされました」

「もちろん断りました。見ず知らずの男に、いきなりそんなことを頼まれても。ねえ。日給三万円でどうでしょう、なんて」

「のっけから報酬の話までしましたか」

「お金の話をされると、よけいに胡散《うさん》臭くなるばかりで。それになんだか、変なことを言うんです」

「変なこと？」

「あなたほど黒の装いが似合う女性は他にいない、とかなんとか」

「黒の装いが似合う……ですか」

昨年の冬、といえば、翔市の高校時代の担任だった松室鮎華が病死している。どうやら由美子の甥のそれとたまたま同じ斎場で彼女の葬儀も執《と》り行われたらしい。最愛の恩師を失った哀しみにうちひしがれていた翔市は、斎場で出会った由美子に鮎華のイメージを見出したのだろうか。絶望的な喪失感をなんとか埋め合わせられないものかと藻掻《もが》いていた翔市は、あるいはこれは運命の出会いだと思い詰めたのかもしれない。由美子を描くことでなんとか鮎華を己れのなかで再生しようとしたのだとすれば、それはしかし決して叶《かな》わぬ試みだったろう。アトリエに残されていた黒衣の女の絵がどれもこれも未完成だった理由がなんとなく判るような気がする、音無はそんなことを考えた。

「こんな巡り合わせは、もう二度とない、ぜひモデルになってくれと、かなりしつこく。閉口して逃げようとしたら、むりやりメモを手渡されて」

「どんなメモですか」

「電話番号が書いてありました。気が変わったら、ここへ連絡してくれ、って」

「携帯でしたか、それとも」

「はっきり憶えていないけど、数字の並びからして固定電話だったと思います」

「それ、去年の冬のことだと、おっしゃいましたよね」

〈ラポール南風〉はまだ完成していなかったし、四〇三号室には固定電話も引かれていなかった。翔市は携帯電話も持っていなかったらしいから、おそらくその電話番号は翔市の実家のものだろう。

「そうです。もう来月は師走《しわす》だな、と思った覚えがあるから、十一月の下旬くらいだったんじゃないかしら」

「そのメモ、どうされました？」

「捨てましたよ、もちろん」

「その男の目の前で？」

「いいえ、そんな。いたずらに相手を刺戟《しげき》するような真似をしたら、危ないかもしれないじゃないですか。変なふうに逆恨みされるのも嫌だし。精進落ちの会場へ戻ってから、ゴミ箱へ捨てました」

「これ、ご覧になってみてください」

音無は写真を何枚か由美子に手渡した。翔市が描いていた絵を撮影したものだ。最初は眉根を寄せていた由美子は徐々に眼を剝き、怯えたような表情を浮かべた。

「いかがでしょう。これらの絵はその長谷尾翔市氏が描いていたものです。押鐘さんをモデルにしているように見えるのですが。ご自分ではどう思われます」

「え……え、えと、でも」由美子とて明らかにそうとしか思えないものの、かといってうっかり肯定したらなにか自分の不利益になるのではないかと警戒する眼つきだ。「で、でも、あたし、その長谷尾なんとかってひとのモデルなんか、やった覚えは、全然」

音無は〈ラポール南風〉の名前とその所在地を挙げて、由美子がそこへ行ったことがあるかどうかを訊く。

「ありません」

「ほんとうに？　一度も？」

「どうしてあたしが、そんなところへ行かなくちゃいけないんですか」

音無は別の写真を由美子に見せた。〈ラポール南風〉の防犯カメラの映像をプリントしたものだ。

「これは、八月二十日の午前一時に撮影されたものです」

マンションのエントランスホールだ。黒衣のひと影が、インタホンのパネルに向かって屈み込むような姿勢で、呼び出しボタンを押している。ロングヘアにコサージュ付きの黒っぽいスーツ姿。特徴が自分と似通っていることを嫌でも認めざるを得ないのだろう、由美子はいまにもべそをかきそうな困惑の表情で何度も何度も首を横に振った。

「これ……で、でもこれ、あたしじゃありません、こんな、こんなの、って」

「八月二十日だけではないのです。ここに写っている人物は判明しているだけで、この四月以降、実に五十回以上、〈ラポール南風〉に出入りしている。絵の存在に鑑《かんが》みて、おそらく四〇三号室を訪れ、モデルを務めていたのでしょう」

黒っぽいスーツ姿の人物が翔市の部屋を訪れるのは、いつも決まって午前一時から午前二時のあいだ。マンションを後にする時刻は朝の四時だったり、六時や七時だったりとまちまちだ。訪れるときと違い、立ち去る姿が防犯カメラに映っていない場合もある。そんなときはエレベータではなく、階段を使っていたものと思われる。

エレベータで一階まで降りた場合、オートロックの自動扉からでも非常階段側の勝手口からでも、外へ出てゆく姿がエントランスホールに設置された防犯カメラに映る。が、階段を使ってそのまま勝手口から出た場合は、防犯カメラには映らない。勝手口の上部の外壁に設置された防犯カメラは、鍵を使って勝手口から建物に入ろうとする人物の姿は捉えられるようになっているが、外へ出てゆく場合はアングルの関係で映らない。

おそらく四〇三号室に出入りしていた人物は、来訪時はオートロックを解錠してもらわないとならないため、決まってエントランスホールを通るが、帰る際はそのときどきの気分でエレベータを使ったり、階段を降りたりしていたのだろう。階段から直接勝手口へ出れば防犯カメラには映らないことを知っていたかどうか定かではないが、少なくとも八月二十日、黒っぽいスーツ姿の人物がマンションから立ち去る映像は残っていない。飯沼幸枝の目撃証言によれば、黒衣の人物は現場から逃走する際、階段を降りている。エントランスホールは通らず、直接勝手口から立ち去ったのだろう。

「このコサージュの付いたスーツですが、もしかして押鐘さん、なにかお心当たりはありませんか」

「心当たりって、そりゃたしかに、似たようなスーツをあたしも持ってはいますけど、こんな地味な服、ごくごくありきたりじゃないですか」

「八月二十日の朝、八時、どこにおられましたか。また、それを証明してくださる方はいらっしゃいますか」

「朝の八時だったら、たいていは自宅で、主人を見送って……あ」由美子は、ぱっと顔を輝かせ、ソファから腰を浮かせた。「そ、そうだ。そうでした。二十日でしたら、その時間、宅配便が来ました」

「宅配便が？　八時に、ですか。そんな早い時間帯に？」

「前日に留守にしていて、不在連絡票が郵便受に入っていたんです。で、担当の方に電話して、二十日も出かけなきゃいけない用事があるから、なるべく朝、早めに届けてくれ、ってお願いしたら、ちょうど八時に来てくれました」

「それ、二十日の八時だったことに、まちがいありませんか」

「ちょうど朝の連続ドラマが始まったときですから、まちがいありません」

〈ラポール南風〉から押鐘家まで車を使っても片道十分はかかる。朝の混雑時だともっとかかるかもしれない。バイクや自転車でもさほど所要時間を縮められそうにない。仮にこの主張が事実だとしたら、由美子のアリバイは完璧だ。

音無は少し考え込んだ。「さきほどのコサージュ付きの黒っぽいスーツのことですが。似たような服をお持ちだと、おっしゃいましたね。それ、見せていただくことは可能でしょうか」

「そりゃあ、お見せするくらい、別にかまいませんけど。いますぐに探し出せるかどうかは、ちょっと……」

「ではお手数で恐縮ですが、日を改めてお伺いしますので、そのときまでにスーツを探しておいていただけますか」

「あのう、あたし、そんなに疑われているんでしょうか。さっき言った宅配便のこと、ほんとにほんとうなんです」

「そうでしょうね」

「信じていただけるんですの？　それとも全然信じていただけないんですの？」

「もちろん、信じますとも。調べればすぐに確認できることですので。そんなへたな嘘を、あなたがわざわざおつきになるとは露《つゆ》思っておりません」

「じゃあなんで、このうえ、スーツなんかをお見せしなくちゃいけないの」

「では核心に触れましょう。この写真、もう一度ご覧になってみてください」防犯カメラの映像のプリントを示した。「ここに写っている人物は、明らかに意図的に押鐘由美子という女性に変装している。そう断定してもいいと思いませんか」

「そう……だと思いますけど」

「ではいったい、誰がこんなことをしているのでしょう?」

「そんなこと、あたしに訊かれても、まるで見当もつきません」

「よろしいですか。謎の人物は、押鐘由美子の恰好をして、〈ラポール南風〉というマンションの四〇三号室へ頻繁《ひんぱん》に通っていた。それが長谷尾翔市の作画モデル要請を受けてのことであったとすれば、この人物の素性《すじょう》は至極簡単に特定され得ます」

「至極簡単にって、どんなふうに」

「長谷尾翔市が押鐘由美子の絵を描きたいと熱烈に希望している、その事実をまず知り得る立場にあること。そして、これがもっとも重要ですが、長谷尾翔市があなたに手渡したという電話番号のメモです。あなたはこれを斎場の精進落ちの会場のゴミ箱に捨てた、とおっしゃいましたね。ということは、ここに写っているのは、その捨てられたメモをゴミ箱から回収することができた人物だという理屈になる。つまり――」

「つ、つまり?」

「あなたの甥ごさんの葬儀に出席していてもなんら不自然ではない人物、という結論になります」

「じゃ、じゃあ、あたしの身近にいる者ってことですか」

「そうです。そして問題はスーツです。このスーツは単に、あなたがお持ちのものと似たような服をどこかで調達しただけかもしれない。しかし、そのものずばり、あなたのスーツを使ったかもしれないのです。実はわたしは、後者ではないかと考えている」

「で、でも……それじゃあ」

「よくお考えになってみてください。この謎の人物は実はこっそりあなたのスーツを拝借し、頻繁に着用していた――そう仮定してみると、いともすっきり解明できる謎が、ひとつありますでしょ」

「え？　えと……なにが」

音無は銀行のキャッシュカードの写真を掲げてみせた。彼がなにを仄《ほの》めかしているのかに思い当たった由美子は、ああっと悲鳴混じりの声を上げた。

「ま、まさか……それ」

「おそらくあなたは、このスーツを着ているときにATMを利用した。その際、手が荷物で塞がっていたため、現金とカードを財布に仕舞わず、そのままこのスーツのポケットに入れた。帰宅して上着を脱いだあなたは、そのことをうっかりお忘れになっていたのではないでしょうか。そして謎の人物はその直後に、このスーツをこっそり拝借して、あなたに化け、長谷尾翔市のアトリエへと行った。そこでどういう経緯でカードを落とすことになったかは想像ですが、なにかの拍子にポケットのなかの現金に気がついたから、ではないでしょうか。彼はその現金をポケットから抜き、自分のものにした。その際、カードが四〇三号室の床に落ちてしまったことには気がつかなかった」

「彼って、じゃ、じゃあその長谷尾ってひとが現金をネコババして……」

「いやいや、彼というのは、そのスーツを着てあなたに化けた人物のことですよ」

「は……はあッ？」

「これらの想像がもし的を射ているのなら、このスーツをこっそり着用できるのは押鐘家の家族以外にはいません。つまり、あなたのご主人か、それとも息子さんか、どちらかということになります」

*

「――押鐘由美子のアリバイ、確認できました」江角は手帳を捲った。「配送区域の担当者はこれまでに何度も押鐘家へ荷物を届けたことがあるそうで、二十日の午前八時に応対してくれたのはたしかに由美子本人にまちがいない、と証言しています」

「そうですか。で、指紋のことは？」

「鑑識に確認しました。これも主任の見立て通りでした」

「では、たったひとつも――」

「はい、検出されていないそうです。いや、これは正直、うっかりしていました。わたしもこの仕事、いい加減、長いんだから、残っている指紋にばっかり目がいってちゃいかんだろうと」

「わたしも、もっと早く気づくべきだった、と反省しています」

「拭ったような痕跡でもあれば、もっと引っかかっていたかもしれんが、なんて、言い訳がましいですな、我ながら」

「遅ればせながら気づいたということでよしといたしましょう。では、あともうひとつ、確認できたら、ほぼ決まりですね」

　そこへ佐智枝と桂島が戻ってきた。

「主任、押鐘由美子の息子、広海《ひろみ》のこと、調べてきました。いま二十歳の大学生」桂島がてきぱきと報告する。「どうやら両親は全然知らないようですが、広海はいま〈スピニッチ・パイン〉という店で接客のアルバイトをしています」

「どういうお店ですかそれは」

「いわゆるゲイバーといえばイメージ的には近いでしょうか。ただ接客する従業員がニューハーフとかだけではなく、普通の男性や女性も多数いるんです。なのでステレオタイプなゲイバーをイメージすると微妙に正しくないかもしれない。厳密にはなんと分類されるべきお店なのか、正直よく判らない。ちょっと毛色の変わったバーラウンジ、とでもいうのかな。ショータイムもありますが、基本的に客が支払うのは、飲み放題付きのコース料理、もしくはおつまみ付きドリンクの、どちらかのセット料金のみです。営業が午後六時から九時までと、九時から午前零時までの二回、入れ替え制になっている」

「最長三時間のセット料金のみ、か。なんだか普通の飲食店という感じですね」

「押鐘広海はホルモン注射や整形などには手を出しておらず、いわゆるニューハーフではないのですが、接客はいつも女装してやっているそうです。なかなか美人なので人気があるんだとか。長谷尾翔市の作画モデルのバイトをする日はいつも、午前零時に店がはねた後、〈ラポール南風〉へ直行するため、〈スピニッチ・パイン〉でもあのコサージュ付きの黒っぽいスーツ姿だったとか」

「なるほど。本人に話は聞けましたか」

「はい。おおよそ主任の見立て通りで、昨年の従兄の葬儀の精進落ちの際、母親の由美子が若い男に、なにやらくどかれているところを偶然目撃した。どうやら絵のモデルになってくれと頼まれているらしい。日給三万円というくだりで俄然《がぜん》興味を抱いた彼は、母親が捨てたメモをこっそり回収し、長谷尾翔市に連絡をとった。母親そっくりに化けることにかけては自信があったので、そう伝え、女装して会いにいったら、性別は関係ない、ぼくのモデルができるのはきみしかいない、と即決されたそうです」

「で、あの服を着て〈ラポール南風〉に出入りするようになった」

「長谷尾は当初、由美子が斎場で着ていた喪服でモデルをしてくれとリクエストしたそうですが、そのときたまたま冬のフォーマルウェアは全部、クリーニングに出されていたため、代替案としてあの黒っぽいスーツを提案した。そちらも長谷尾のおめがねにかなったので、以降、広海は同じスーツを着て〈ラポール南風〉へ通っていたんだそうです」

「日給三万円で、ですか」

「そうです。いつも帰る間際に目の前で、机に置かれた封筒から無造作にお札を取り出して手渡してくるので、最初はずいぶん驚いたそうです。ときには一万円札を一枚か二枚、よけいにくれることもあったとか」

「なかなか気前がよかったんですね」

「だから広海は、いずれは絵のモデルだけじゃなくて性的奉仕も要求されるんじゃないかと思っていたとか。現に……」

桂島は少し口籠もった。内容的に傍らの佐智枝の耳を憚《はばか》ったのかもしれないが、当の彼女は、要らぬ気遣いとばかりに報告役を引き継いだ。

「長谷尾はいっこうに、そんな素振りを見せない。単にそのけがないだけなのかもしれないが、ちょっと焦《じ》れったくなった広海は、ある日、ふざけて長谷尾に抱きつき、キスをした。拒絶する気配はないので、これは脈があると思って彼の顔を覗き込むと、なんと長谷尾は、はらはら落涙《らくるい》していたそうです。必死で嗚咽《おえつ》をこらえて、哀れなほどの悲嘆ぶりだったとか」

「きっとそのとき、松室鮎華のことを憶《おも》い出していたんでしょうね」

「わたしもそう思います。広海は、なにか深刻なわけありらしいと察して、詳しい事情は訊かなかったそうです。けっこう本気で好意を抱くようになっていたこともあり、彼を無為に傷つけたりするのは嫌だったので、それ以上、長谷尾にアプローチするのは自粛しようとした。が、それ以降、今度は長谷尾のほうから求めてくるようになって——」

「まさか、性的交渉があったのですか？　部屋にはベッドもなければ、バスルームを使った痕跡もなかったのに？」

「いつも、ちょっとしたスキンシップ程度だった、と広海は言っています。服を脱いだりはせず、キスしたり、互いに口や手で慰め合ったり、とか」もじもじしている桂島を尻目に、佐智枝はあくまでも淡々と続ける。「少なくとも自分は本気で、彼のことを愛するようになっていたとも言っています。だから当初は、隙があったら机の上の札束を丸ごとネコババしてやろうかという誘惑にかられたことも何度かあったが、いつの間にか、そんな出来心も湧かなくなった、と。まあ、広海がいったいどの程度正直なところを語っているのかはともかく、現に札束が残っていたのは事実です」

「広海がアトリエへ赴く日は、例えば何曜とか決まっていたのでしょうか」

「不定期だったようですね。多分家族の留守中に実家の電話を使っていたんでしょう、前日に広海の携帯へその都度長谷尾から連絡があったそうです。彼に指定された日は、いつも広海はあの黒っぽいスーツをあらかじめ着て、〈スピニッチ・パイン〉に出勤する。そういう段取りだった」

「広海はお店がはねた後、午前一時から二時までのあいだに〈ラポール南風〉へ行く。防犯カメラの映像から判断しても、どうやらそれがお定まりのコースだったようですが、帰る時刻はどうなっていたのでしょう」

「何時間くらい居るかは、そのときの長谷尾の気分次第だったようですね。作画に関しては彼の集中力が持続するのはだいたい一時間くらいなので、その後、さきほど言及した互いのスキンシップに耽《ふけ》ってから、午前四時か五時あたりに帰ることが多かったそうです。たまに六時とか、七時になったりすることもあったらしいが、その時間帯になるとさすがにウォーキングとかジョギングに出かけるひとが現れ始め、マンションの他の住人と顔を合わせる確率が高くなるため、なるべく避けるようにしていたとか」

「八月二十日は何時頃、〈ラポール南風〉を後にしたと広海は言っています？」

「それが、午前七時頃だ、と」

「七時、か。では八時にはどこに？」

「ファミリーレストランで朝食を摂っていたそうです。〈スピニッチ・パイン〉の同僚たちと約束していたので、店の前で合流したのが八時に十分ほど前だったとか」

「裏は取れましたか」

「はい。みんな、そのファミレスの常連だったそうで、たしかに八時頃にはオーダーを受けていた、と顔見知りの従業員が証言しています。ちなみに彼女、広海がいつも女装していることもちゃんと知っていました」

「了解。では、最後の確認もすんだし、これでほぼ決まりですね」

「あのう」と江角は怪訝《けげん》そうな表情で、いつになくおずおずと口を開いた。「さきほど主任は、例の指紋の件、もっと早く気づくべきだったとおっしゃっていましたが、しかしどうも、実は最初から飯沼幸枝のことを疑っておられたのではないかと、わたしには思えてならないのですが……考えすぎですか」

「ちょっと、おかしいな、と思っていたことはたしかです。ちょっとだけ、ね」

「それはいったいどういう理由で？」

「ほんとに些細《ささい》なことなのですが、事情聴取の際、彼女、被害者をこんなふうに説明してましたでしょ。曰《いわ》く——明らかにここに住んでいるわけではないようだったし、と」

「それのどこが、そんなに？」

「不自然というほどのことではないかもしれませんが、なにか引っかかったんです。だって管理人でさえ当初は、長谷尾翔市が普通にマンションで暮らしているものとばかり思い込んでいたんですよ、ガスの検針員からの指摘があるまでは」

「ははあ……」

「あるいはその後、管理人の口から長谷尾翔市に関する噂がマンションの住人のあいだで広まったのかもしれない。飯沼幸枝は単に、それを小耳に挟んだだけだったのかもしれない。しかしそれにしては、あまりにも断定的な口調に聞こえたのです。あれれ、ひょっとしてこのひと、単にドアを開けて沓脱ぎと廊下を覗き込んだだけじゃなくて、もっと奥のほうまで四〇三号室のなかに上がり込んだことがあるんじゃないかしら？　と思わず勘繰《かんぐ》ってしまうくらい、ね」

「たしかに室内を見れば、彼が住んでいないことは一目瞭然ですものね」

「あの段階で確信できたわけではありませんが、気になったので、飯沼幸枝は通報の際、どんなふうに先方に伝えたのか、なんて取るに足りない質問もしてみた。供述になにか不自然な点はないだろうかと。もちろん通報したのが彼女本人だという事実に変わりはないわけだから、それに関してはなにも疑わしい点を見出せませんでしたが」

「しかし、指紋の問題が浮上した」

「もしも彼女の証言通り、飯沼幸枝が不審な物音に不安になって隣りの部屋の様子を見にゆき、そしてそこで長谷尾翔市の遺体を見つけたというのがほんとうなのだとしたら、少なくとも四〇三号室のドアには彼女の指紋が残っていないと、おかしい」

「ところが、飯沼幸枝の指紋は、どこからも検出されなかった。四〇三号室の周辺の、どこからも」

「四〇三号室の様子を見にいったという証言が嘘ならば、問題ない。しかし様子を見にいったことが事実であるならば、残留指紋が皆無だった理由はおそらく、ひとつしかない。すなわち飯沼幸枝は手袋を嵌めていた、と。しかしこの猛暑の折にわざわざ？　それはなぜか。よこしまな目的をもって隣りへ侵入していたから、でしょう。しかも二十日だけの話ではなく、六月に〈ラポール南風〉へ引っ越してきて以来、ずっと」

「もしかしたら彼女、引っ越してくる以前から窃盗の常習犯だったかもしれませんね」

「可能性はあります。だからこそ長谷尾翔市がゴミの収集日、ドアを施錠せずに自室と集積所を往復する習慣に気づき、その隙を衝いてはこっそり四〇三号室に侵入するようになった。万が一の用心のため、いつも手袋を嵌めて。彼がマンションに住んでいるわけではないことはすぐに気づいたでしょうから、当初はめぼしい収穫は望めないと思ったかもしれないが、机に無造作に放り出されている札束を見て――」

「これはいいカモだと」

「いっぺんに盗むと長谷尾にもそうと察知されるし、もしかしたら同じ階の住人の仕業《しわざ》ではないかと疑われるかもしれないので、ゴミ収集日のたびに少しずつ、少しずつ、お札を抜いていった」

「しかし、無頓着な長谷尾もさすがに気づいたんですね、どうやら自分がゴミを出しにいっている隙に、部屋に忍び込んでいる者がいるようだ、と」

「彼が飯沼幸枝を疑ったのは、自室と集積所を往復するあいだ、違う階の住人が侵入できるほどの時間的余裕はない、と判断したからでしょう。四〇一号室の住人も疑おうと思えば疑えるが、やはりいちばん怪しいのは隣りの飯沼幸枝だと見当をつけた。そして彼女を罠にかけることにしたのでしょう」

「あの階段の踊り場にあった、空き瓶を詰めたビニール袋ですね」

「あれを持って長谷尾は資源ゴミを捨てにゆくふりを装った。飯沼幸枝は自室でその気配を窺っている。彼が階段を降り始めたことを確認した飯沼幸枝は、素早く四〇三号室へ侵入する。一方長谷尾はビニール袋を踊り場に置くや、急いで自分の部屋へ引き返した」

「侵入の現場を押さえられた飯沼幸枝は、さぞ慌てたでしょうね」

「ふたりは諍《いさか》いになった。おそらく飯沼幸枝は取り押さえられそうになって焦り、とっさに沓脱ぎのところにあった空き瓶で長谷尾を殴ったのでしょう。彼が手を離すまで、何度も何度も。

その段階で隣人を殺してしまったという認識が彼女にあったかどうかは判りませんが、周囲の住人たちは当然、ふたりが争う音や声を聞いているはずだ。従って、すぐ隣りの部屋の自分が警察に通報しておかないと不自然に思われる、そう判断し、四〇二号室へ戻って、電話した」

「そして、実際にはそれよりも一時間も前に四〇三号室から立ち去っていた押鐘広海の姿を八時に目撃した、と虚偽の証言をして、彼に罪を被せようと図ったわけですね。飯沼幸枝は広海のことを、女だとばかり思い込んでいたようですが」

「飯沼幸枝が実際にマンション内で広海の姿を見かけたことがあるかどうかは判りませんが、四〇三号室に頻繁に侵入していた彼女は当然、絵を何度も見ているわけだし、モデルが部屋に出入りしていると見当をつけるのは容易だったでしょう。彼女が四〇三号室で、押鐘由美子名義のキャッシュカードが床に落ちているのを見つけ、こっそりくすねておいたのは七月の初め頃だったと思われる。そのときから、仮に実際にその姿を見たことはなくても、オシカネ　ユミコという名前の女性モデルが隣りの部屋に出入りしていると飯沼幸枝は認識していたはずです」

「二十日、警察に通報した後で彼女は、そのキャッシュカードのことを憶い出し、これは使えると、四〇三号室に取って返した」

「そしてわざわざ、広海が作画モデルの際に座っている肘掛け椅子の下にカードを置いておいた。こうすれば、問題の黒衣の女モデルが長谷尾を殺害して逃走する際、うっかりカードを落としていった、というストーリーが出来上がると期待したのでしょう」

「ただ、主任、ひとつよく判らないのは、広海がうっかり床に落としていたキャッシュカードに長谷尾も気づいていなかった、だからこそ侵入したときに飯沼幸枝はそれを失敬できたわけですが、そもそもいったい彼女は、なんのつもりだったんでしょう。そんなことをしても、すぐに持ち主に使用を差し止められることは判りきっている。本気で現金を引き出してやろうとしていたとはとても思えないが、まさか、いつか自分が殺人犯になったときの偽装工作に使える、なんて期待をしていたわけでもないでしょう。どうもよく判りません」

「理由は本人に訊くしかないが、案外、自分でも説明がつかないのではないでしょうか。盗癖がある者にとって、たとえ実用性がなくとも戦利品は戦利品という、せこい心理が働いただけだったのかもしれませんし」

誘拐の裏手

佐野谷元博《さのやもとひろ》は料金を支払い、タクシーを降りた。エンジン音が遠ざかる。二世帯住宅の共有部分に設置された常夜灯の淡い明かりを頼りに、自宅の玄関ドアの鍵を開けた。屋内に入ってみると、真っ暗だ。少し戸惑いながら手探りで、沓脱《くつぬ》ぎから廊下へと続く照明のスイッチを入れる。どこか冷えびえとした沈黙だけが彼を出迎えた。

佐野谷は腕時計を見た。午前二時を回っている。妻の麻弥《まや》はもうとっくに就寝しているだろう。にしても、夫が深夜に帰宅する予定を知りながら、玄関周辺の照明を全部消してあるというのは、彼女と再婚してから四年余り、これまでに一度もなかったことだ。もしや体調でも崩して臥《ふ》せっているとか?

漠然とした不安が渦巻く佐野谷の胸中を、まるで見透かしたかのようなタイミングで携帯電話に着信があった。表示を見ると『佐野谷麻弥』とある。え。すると麻弥は外出しているのか? まさか、こんな時刻に? いくら就寝中だろうとはいえ、いつトイレなどで介助が必要になるかもしれない、おふくろを放ったらかしにして?

「もしもし? おい、おまえ……」

これまでにもそれが原因で何度も夫婦のあいだで修羅場が繰り返された、母親の介護に関する留めどもない愚痴をまた聞かされることになるのかとうんざりしながら、どこにいるんだ、と続けようとした佐野谷を遮《さえぎ》って、普段はあまり馴染みのない高音域の、異様に耳障りな音が流れ込んできた。よく聞いてみると、それは人声だ。

「よう、おかえりお帰り。こんな時間までお得意さまの接待か。ひとでが少ないと、社長さんもたいへんですなあ」

けたけたと笑いの混じった調子外れの声は明らかにヴォイスチェンジャーか、それともヘリウムガスかなにかを使ったものだ。潔癖症で、どちらかといえば頭が固いほうの妻には似つかわしくない悪ふざけで、佐野谷の不安はますます膨らむ。

「おいおい、いったいなんの冗談だこれは。子供じみた悪戯《いたずら》なんかやってないで、早く帰ってこい」

「おまえの女房は、おれがあずかってる」

「……なに?」

「シャチョー、しゃちょおう、おうちへ帰ってきたら、まず郵便受を、きちんとチェックしないといけませんよお」

「だからおまえ、これはなんの冗談なんだ。くだらん。もう切るぞ。だいたいわけの判らぬ遊びにうつつをぬかす暇があったら、おふくろのことを、もっとよく……」

「郵便受に入っているDVDを見ろ」性別も年齢も不詳の声は急に威嚇《いかく》的になった。「話はそれからだ。さっさとしろ」

どうやら電話の相手はほんとうに妻ではないらしい……それまでの剽《ひょう》げた口調との落差に少

し気圧《けお》された佐野谷は、なにがなんだかわけが判らぬまま、ともかく郵便受のなかを検《あらた》めてみた。数々の郵便物や新聞、チラシのなかから、相手が指定するＤＶＤ入りの封筒を見つけるのはむずかしくなかった。わざと利き腕でないほうの手で書いたとおぼしき不自然な震える字体で『親展　佐野谷元博殿』と赤いマジックで記されていたからだ。切手も貼っていない。

「……これを見ればいいのか？」

「このまま待っていてやるから、さっさと再生しろ。なにが映っているかを知れば、おまえはもう二度と自分から、この電話を切ることはできなくなる」

深酒して頭のなかが酔いでだいぶ濁っていたこともあり、うっかりすると失笑してしまいそうな、ばかばかしい気持ちが依然として残っていたものの、佐野谷は言われた通り、封筒に入っていたＤＶＤを再生してみることにした。

リビングの大型テレビ画面に先《ま》ず映ったのは、電話の音声と同様、年齢も性別も不明な人物の姿だった。ゴーグルと白マスクで顔面を、そして黒いパーカーのフードで頭部を、すっぽり覆い隠している。がっしりと強靭《きょうじん》そうな体格で、黒い手袋を嵌《は》めた右手になにか持っていた。鈍い光沢を放つ刃先。果物ナイフのようだ。

ごく普通の洋室のようで、その人物の背後にはベッドがあった。なにかが横たわっている。よく見ると女だ。白いロープで両腕を後ろ手に縛られ、うつ伏せに寝かされている。ロープの端はさらに臀部から先へと伸びて彼女の両足首も拘束していた。

ゴーグルと白マスクの人物はベッドへ近寄ると一旦ナイフを置き、緊縛されている女の身体に手をかけ、仰向けにひっくり返す。スリップ一枚しか身に着けていない女はアイマスクをかけられ、口をガムテープで塞《ふさ》がれていた。そのアイマスクとガムテープが乱暴な手つきで毟《むし》り取られる。

佐野谷は息を呑んだ。そこに現れたのは、まちがいなく妻の麻弥の顔だった。彼が声を上げる間もなく、画面のなかのゴーグルと白マスクの人物は再びナイフを手に取り、刃先を麻弥のスリップの裾から内側へ差し入れるや、一気に胸もとから生地を真っぷたつに切り裂いた。丸い乳房が勢いよく弾け出て、麻弥が恐怖に顔を歪め、悲鳴を迸《ほとばし》らせたところで映像は終わった。

「撮れたてのほやほやだ。このまま女房を血達磨《ちだるま》の膾《なます》にされたくなけりゃ、こちらの言うことを聞け。断っておくが、あんまり時間がないからな、そのつもりでいろ」

別棟で暮らしている母親はいまおそらく熟睡中だろうが、館内電話を使ってこっそり起こし、警察に連絡させよう。問題は脅迫者に気づかれずにうまくやってのけられるかどうかだが、と策を巡らせている佐野谷の胸中を見透かしたかのように、皮肉っぽい笑い声が耳朶《じだ》を震わせた。

「寝ているおふくろを起こしたり、警察に通報したりする暇はないぞ。いますぐ家を出るんだ。さっさとしろ」

「家を、で、出ろ、って」

「もちろん手ぶらで、じゃない。いまから言うものを持ってこい。先ずおまえの金貨と腕時計のコレクションを全部。それから円山応挙《まるやまおうきょ》の掛け軸だ」

営利誘拐……ようやくその言葉が明確に脳裡《のうり》に浮かんだものの、まだ非現実感が残っていて困惑する。コレクションといっても金貨は投資や貯蓄目的ではなく佐野谷の純然たる趣味なので、そこそこの値打ちだろうとはいえ、さほど大したものではない。総額一千万円は超えているはずの高級腕時計コレクションより高価かどうかすら微妙だ。円山応挙の掛け軸に至っては父の遺品のひとつで、一応真筆と鑑定されているらしいが、佐野谷は信じていない。下町の商店街で惣菜屋を営んでいた亡父に本物を入手できる術《すべ》があったとはとても思えない。鑑定した古美術商がその父の飲み友だちだったときてはなおさらだ。

これでほんとうに麻弥の身代金がわりになるのだろうかと、佐野谷には疑わしいものばかり。いや、それよりも不可解なのは、脅迫者が佐野谷家の内情に詳しすぎることだ。現金をさほど自宅に置いていないことは容易に想像がつくだろうとはいえ、金貨や腕時計など、有価証券の類《たぐ》いを除いて、すぐ手近で調達できる範囲内では最も換金性の高いものをピンポイントで指定している。そして二世帯住宅で、母親がいっしょに住んでいることまで……よほど入念な下調べをしたのか、それとも麻弥を脅して聞き出したのか。

「いいか、よく聞け。金貨、腕時計、そして掛け軸をそれぞれ別々の紙袋に入れろ。紙袋を三つだ。三つ。いいな。それが用意できたら、タクシーを呼べ。ただし、この電話は通話中のままにしておけ。タクシーは家の固定電話のほうを使って呼ぶんだ」

「わ、判った。すぐに用意する。ちゃんと用意するから、少し待ってくれ」

「よけいな時間稼ぎはするなよ。バッテリーが保《も》たなくなっても知らんぞ」

「な……なに、な、なんだって？」

「だから、この電話はこれからもずっと最後まで通話中にしておくんだ。タクシーを呼ぶ声も、ちゃんとこちらへ聞こえるようにしておけ。もし、ほんの短いあいだでも通話が切れたら、女房の命は保証しない」

「まて、そ、それはむちゃだ。このままずっと通話中にしておいて、ほんとうに電池切れになってしまったら、いったいどうすればいいんだ？」

「そのときは運の尽きだと諦めろ」

「お、おいッ」

「理由がなんであれ、この電話が一度でも切れたら最後だ。取り引きは中止する」

「し、しかし……」

「中止したら、女房はすぐに切り刻んで放り出す。それが嫌なら、さっさと準備して、タクシーを呼べ」

佐野谷は携帯電話を耳に当てたまま、それぞれ専用ケースに保管してある金貨や腕時計などを引っ張り出してきた。命令通り、紙袋を三つ揃える。

反対側の耳に固定電話の受話器を同時に当てて、普段よく利用している最寄りの営業所からタクシーを呼んだ。二分ほどでやってきたが、いまの佐野谷にはその二分が異様に長く感じられる。

紙袋を三つ、いっぺんに片手で持つと、ずっしり重い。すっかり酔いが醒め、凍りつくような夜風の寒さが身に染みた。あと一週間ちょっとで師走《しわす》だ。

「毎度、どうもありがとうございます」以前にも何度か世話になったことのある、顔馴染みの運転手は軽い口調で振り向いた。「どちらまで？」

「……どこへ行けばいい？」

押し殺した声でそう携帯電話に訊く佐野谷の様子に、普段とはまったく違う、なにか尋常ならざる雰囲気を感じ取ったのか、運転手の顔から微笑が消えた。

「いいか、先ず——」と脅迫者はある町名を挙げ、「そこの〈ライトハウス二番館〉というマンションだ」と指示した。

先ず、ということは、まだ二番目、三番目の目的地があるのか？　そうかもしれない。なにしろ身代金がわりのものをわざわざ三つの紙袋に分けさせたくらいだし。

運転手はちらりと、もの問いたげな表情で肩越しに一瞥《いちべつ》してきた。佐野谷はそっと手刀を切る仕種《しぐさ》とともに、耳に当てている携帯電話を意味ありげに指さしてみせる。事情を完全に察知したわけではないものの、なにも訊かないほうがいいと判断してか、運転手は無言でタクシーを発車させた。

いつもは陽気でお喋りな運転手だが、目的地へ着くまでの十分ほどのあいだ、ひとことも口をきかなかった。

やがて九階建てのマンションの建物が眼前に浮かび上がる。「……もう着くぞ。どうすればいい？」

「掛け軸の分の紙袋を持って、マンションの郵便受のところへ行け。タクシーは待たせておくんだ」

すまんが、ちょっと待っていてくれと言い置き、佐野谷は掛け軸の分の紙袋を持って、〈ライトハウス二番館〉の正面玄関へと走った。携帯電話のバッテリーが保つか心配で、どうしても気が急いてしまう。

センサー式のスイッチが入って、それまで真っ暗だった照明がいっせいに点灯した。わけもなく後ろめたい気分を味わいながら佐野谷は、明るくなったマンションの玄関ホールを一気に駈け抜ける。

「郵便受のところへ来たぞ」

「床に紙袋を置け。置いたら、すぐにタクシーに戻れ」

自分が立ち去った後、この紙袋を誰か脅迫者の仲間が回収しにくる手筈《てはず》になっているのだろうか。気になったが、とにかくいまはただ言われた通りにするしかない。佐野谷は紙袋を放り出すようにして床に置くや、息せき切って、タクシーに飛び乗った。

「……次はどうする?」

脅迫者は、別の町名を挙げ、「そこの〈ロータリー・ハイツ〉という名前のマンションへ向かえ」

今度は到着するまで二十分ほどかかった。そのあいだ、脅迫者からはときおり「おまえ自身はもちろん、運転手にもおかしな真似はさせるなよ。無線を使わせる、とかな。そんなことをしても全部、こちらに筒抜けだ」と釘を刺すようなチェックが入る。「判ったなら、ちゃんと返事しろ」との脅しにもその都度「判ってる」と佐野谷は答えた。

十五階建ての〈ロータリー・ハイツ〉でもやはり脅迫者は、郵便受の前の床に金貨の入った紙袋を置けと指示する。言われた通りにして、佐野谷は再びタクシーへ戻った。どうせ偽物だと思っている掛け軸の場合と違い、金貨のコレクションを為す術もなく放置するのは小さくない心理的抵抗があったが、どうしようもない。

「次は――」と脅迫者が挙げたのは、最初の〈ライトハウス二番館〉があるのと同じ町名だった。「そこの〈ラ・プラージュ〉というマンションへ向かえ」

次が最後か……そう思うと、佐野谷は少し落ち着きを取り戻す。タクシーのエンジンの振動に身を委ね、いったいどこのどいつがこんな卑劣な真似をしているんだ、と考えてみる余裕が出てきた。

脅迫者は、おそらく自分たち一家のことをよく知っている人物だ、佐野谷はそう確信する。先刻再生したＤＶＤの映像を思い返していると、ふいに奇妙な既視感《きしかん》が湧いた。

なぜだろう？　あいつ、どこかで見たことがあるような……そんな気がしてならない己れに佐野谷は戸惑う。おいおい、そんなわけがあるか、ゴーグルや白いマスク、パーカーのフードで頭部が完全に覆い隠されていたじゃないか、なのにどうして、見たことがあるような気がする、なんて……あ。

そうか、ふいに天啓のように閃いた。あいつ、男じゃなくて、女じゃないか？　あの体型。

そうだ。見覚えがあるのは顔じゃない、身体つきのほうなんだ。

そう思い当たるや、記憶が芋蔓式《いもづるしき》に甦る。そうだ、あいつの名前はたしか、オカザキといった。よくある「岡崎」ではなく、ええと、なんだっけ？　ちょっと変わった漢字を当てていたはずだが。

今年七十九歳になる佐野谷の母、琴子《ことこ》は足腰がだいぶ弱っていて、移動する際には杖が欠かせない。利き腕も少し不自由で、認知症とまではいかないようだが、まだら惚けのような症状も出始めている。要介護1と認定されていて、基本的には麻弥が世話をしているのだが、彼女の負担をなるべく軽減するため週に二、三回ほどの頻度で居宅サービスも受けている。

あれは数ヵ月ほど前のことだった。なんの用事だったかは忘れたが、ともかく日中、佐野谷は出先から会社へ戻る途中、一旦自宅へ立ち寄った。そこでたまたま、ホームヘルパーステーションから派遣された女性ヘルパーと顔を合わせることになったのだが。

麻弥から「こちら、オカザキさん」と紹介されたそのヘルパーを佐野谷は最初、男かと勘違いした。動きやすそうな服装のその体格《せいかん》はアマチュアレスリングの選手のような見事な逆三角形なうえ、短髪で太い眉毛の面差しも精悍そのものだったため、女だと気づいたときにはかなり驚いた。

体力勝負の仕事には如何《いか》にもうってつけといったイメージだったが……そうだ。憶《おも》い出した。「丘岬」と書いて、オカザキだ。下の名前は、たしか富実子《ふみこ》。そうか。

そうか、なるほど、あいつか。映像のなかのゴーグルと白マスクの人物の正体が丘岬富実子という女性ヘルパーであることを、佐野谷は確信した。たとえすっぽり顔を覆い隠していても、あの特徴的な身体つき、まちがいない。なんといっても彼女は、母の世話のためにしょっちゅう自宅に出入りしていたのだから、麻弥との世間話中にさりげなくあれこれ聞き出したりして、佐野谷家の内情にいつの間にかすっかり精通していたとしてもおかしくない。

もちろん、いま携帯電話の向こうにいる脅迫者が丘岬富実子本人だとは限らない。彼女の共犯者かもしれないわけだ。佐野谷は携帯に向かって「おまえ、丘岬か、それとも彼女の仲間か」とカマをかけてやりたい衝動にかられたが、ずばり言い当てられた相手がどんな自棄《やけ》っぱちな行動に出るかは予測がつかない。ともかく最後の紙袋をどうさせるか、その指示が出るまでは様子を見よう。

しかし、この自慢の腕時計コレクションも手放さなければならないのか、そう思うと佐野谷は切歯扼腕《せっしやくわん》を抑えられない。真贋の疑わしい掛け軸なんかはどうでもいいし、金貨も妻のためならまあ仕方がないかと諦めがつくが、この腕時計コレクションだけはチャンスがあればなんとか取り返したい。なにか妙案はないものかと頭を悩ませていた佐野谷は、ふと変なことを考えた。ん？　まてよ。

いま向かっている、〈ラ・プラージュ〉って、なんだかどこかで聞いた覚えがあるような気が……あ、そうだ、町名も合っている。なんてこった、聞いた覚えがあるどころの話じゃないぞ、以前、おれが足繁《あししげ》く通っていたことのあるマンションだ。

十二、三年ほど前だ。接待でよく利用するカラオケバーの女店長が、そのマンションの一階に独《ひと》りで住んでいた。そこへ週に何回か出入りするほど佐野谷は彼女と親密な関係だったが、結局はその不倫が前妻にばれ、離婚に至ることになったのだが。

その因縁の〈ラ・プラージュ〉へ来い、と脅迫者は指示している。これは……これは単なる偶然か？　それともなにか、犯人側に隠された意図でも。いや、それは考えにくい。まずあり得まい。くだんの女店長はその後、店の経営を他人に譲り、他県へ引っ越し、結婚したと聞いている。マンションの部屋も売却したはずだ。

もうずいぶん昔のこととはいえ、正面玄関のオートロックの暗証番号も——現在も変更していなければ、だが——語呂合わせで憶えていたりして、多少なりとも勝手の判っている場所を脅迫者から指定されたことが、佐野谷にとって、さて、吉と出るのか、それとも凶と出るのか。

「……どうやら、もうすぐ着くみたいだぞ。どうするんだ？」

「三つ目の紙袋を持って、マンションの専用駐車場の敷地に入れ」

正面玄関前でタクシーから飛び出した佐野谷は言われた通り、常夜灯の明かりを頼りに〈ラ・プラージュ〉の建物の裏側へ回った。やはりそうだ。少し外観が煤《すす》けたような気がするが、自分が昔、密会のために通っていたところにまちがいない。四階建てで、一階あたり二世帯、合計八世帯の、わりと小振りのマンションだ。

「……ん？」

小走りの佐野谷の足が、ふいに止まった。目の前でなにかがゆらゆら揺れている。ロープだ。思わず顔を上げると、建物の屋上の柵の隙間からぶら下げられている。

ロープの端は振り子のような動きで、佐野谷の胸もとあたりまで伸びてきている。常夜灯の明かりに浮かび上がるその白さが一瞬、ひどく禍々《まがまが》しく映った。

「ロープがぶら下がっているだろ」と脅迫者は最後の指示を出した。「その端に、紙袋の把手を括《くく》りつけろ」

屋上へ引き上げるつもりか……しめた、と佐野谷は内心快哉を叫んだ。そっちがその気なら、こちらにも打つ手はある。運が回ってきたぞ。実はおれがこのマンションの玄関のオートロックの暗証番号をいまも憶えているなんて、お釈迦さまでもご存じあるまい。紙袋を引き上げているあいだに、こっそり屋上へ駈けつけて、脅迫者の裏をかいてやる。見てろ。いまに見ていろ。

左手で携帯電話を耳に当てたまま、一旦紙袋を地面に置いた佐野谷は、興奮を抑えながら、右手でロープを手繰《たぐ》り寄せた。と……そのとき。

「なんつってな、ははは。ばーか」

そんな嘲笑が耳に雪崩《なだ》れ込んできて、反射的に佐野谷は屋上を見上げた。すると、黒いひと影がそこにあった。しかも、どうやら柵を乗り越えて立っているようだ……と視認した直後、獣の咆哮《ほうこう》のような絶叫と、そして、ずんッという激しい地響きが、夜の闇を切り裂いて周囲に轟《とどろ》きわたった。

エンジンをかけたまま車内で待っていたタクシー運転手の耳にもそれは届いた。なにごとかと慌てて運転席を飛び出し、専用駐車場の敷地内へと走ると、そこに佐野谷が膝立ちの姿勢で、へたり込んでいる。

「ど、どうしたんですかッ」

「ま……ま、麻弥」

這いつくばるような姿勢で佐野谷が弱々しく手を伸ばそうと足搔《あが》いているその先で、セーターにデニムパンツ姿の女が仰向けに倒れていた。頭部から鮮血が染みのように地面に拡がる。その赤い池のなかで、長くて白いロープがとぐろを巻いていた。

「上から……屋上から……あいつが……あいつが、麻弥を……上から」

＊

「――すると犯行は、最初から営利目的ではなかった、ということですか」

音無美紀警部は腕組みし、ゆっくり室内を見回した。〈ラ・プラージュ〉の西側の角部屋、三〇一号室のリビングだ。

「どうやらそのようですね」則竹佐智枝は頷き、手帳を捲《めく》った。「掛け軸や金貨、腕時計のコレクションなども本気で奪うつもりは全然なかったのでしょう。ただ、それらの品物をわざわざ三つに分けさせ、タクシーで佐野谷をあっちこっち回らせたのには、ちゃんと理由があった」

「それは？」と訊きつつ、音無は佐智枝のほうを見ていない。その視線はテーブルに釘づけになっている。

　卓上には某国産ウイスキィの瓶が七本、横並びで整然と置かれていた。いずれも同じラベルで、そのいっぽん一本にそれぞれ、掌《て》乗りサイズで二足歩行タイプにデフォルメされたレッサーパンダのぬいぐるみが、まるでボトルを抱擁しようとするかのような恰好で寄り添っている。音無から向かって右側の一本目から六本目のボトルまでは、その同じタイプのぬいぐるみとの組み合わせだが、左の端の一本だけ、違う。ライオンで、サイズもレッサーパンダの倍はある。

　六体のレッサーパンダがいまにもよじ登りたそうにしている六本のボトルはすべて封が切られ、いずれも一センチ弱ほど、よく注視しないと判らないが、中味が減っている。なのにライオンの相方の分の七本目だけ、こちらもよく注視しないと区別できないが、分量は元のままだ。

「身代金がわりの品物を持ってこさせるふりをして、佐野谷をあちこち引きずり回した、その狙いとは――」

「時間稼ぎのため、でしょう。佐野谷の証言によれば、その日、つまり十一月二十二日の未明、午前二時、まるで自分が帰宅するのを待っていたかのような絶妙のタイミングで携帯に着信があったらしい。実際、犯人は自宅の近くで待機していたものと思われる。佐野谷が帰宅したら、すぐに脅迫ＤＶＤを見せ、〈ラ・プラージュ〉へ向かわせるためです。が、そのまま彼をまっすぐに向かわせるわけにはいかなかった。遠回りをさせる必要があったんです。なぜならば――」

「佐野谷夫人を墜死させる現場へ、自分が先回りしていないといけなかったから……ですか」

そう応じながらも音無は、七本のウイスキィの瓶と七体のぬいぐるみの組み合わせに、じっと視線を据えたまま。

「はい、おそらく」

「だとすると、彼女は単独犯だった、ということになりますね」

「そのとおりです。佐野谷が〈ライトハウス二番館〉、そして〈ロータリー・ハイツ〉と順番に回っているあいだ、犯人は携帯で指示を出しながら、自分はここ、〈ラ・プラージュ〉へ先回りしていた。彼女は、運転免許証を取得していたが、乗用車は所有していなかった。レンタカーなどを借りた形跡もないので多分、自転車を使ったのでしょう。敷地内の住人専用駐輪場に、彼女のものが停められています」

「ふたつの紙袋を別々の場所へ運ばせて時間稼ぎをしているあいだ、自分は先回りし、おそらくはこの部屋に監禁していた奥さんをマンションの屋上へ上がらせ、そして佐野谷の到着を待った、と」

「身代金がわりの高級腕時計コレクションの入っている紙袋を屋上へ引き上げようとしているふりをして、垂らしたロープに佐野谷の注意を向けさせたその隙に、柵越しに奥さんを地上へと突き落とした」

「犯人は、ずっと奥さんの携帯を使っていたのですか」

「そうです。その奥さんの携帯は、ここの屋上に放置されていました。より正確に言いますと、階段へと通じるドアの近くに、です。奥さんを突き落とした後、階段から逃走する際、棄《す》てていった、という感じですね。そのヴォイスレコーダに残っていた記録も、佐野谷の供述やタクシー運転手の証言とも合致しています」

「ここの屋上へは、誰でも上がれるようになっているのですか」

「マンションの住民なら、ね。上がり口のドアは通常施錠されていますが、各世帯の鍵が共通で使えます」

「つまり、誘拐犯人は〈ラ・プラージュ〉の住人か、もしくはどこかの世帯の鍵をこっそり入手できる立場の人間だと、いとも容易に察知できる、と」

「まさしく佐野谷はそう察知したわけです、いとも容易に」

「それはいいが、ではどうやって、それほど即座に、彼女がこの三〇一号室の住人であると特定できたのでしょう？」

「ここに入居している各世帯のネームプレートと、そして脅迫ＤＶＤの映像によって、です。妻の下着を切り裂いている人物は自宅に出入りしていたホームヘルパーの丘岬富実子に違いないと、かなり早い段階からずっと気づいていた、と」

「しかし映像には、肝心の彼女の顔が全然映っていなかったのに？」

「なんでも、身体つきに女性らしからぬ特徴があったので、印象に残っていた、と言うのですが」

「身体つき、ですか」音無は顔をしかめ、このマンションへやってきてから初めて佐智枝のほうを向いた。「なんともはや、短絡的ですね」

「まちがっていたらどうしようとか、少しも迷わなかったらしいのが恐ろしいです。が、佐野谷の勘は当たっていた。ビデオが撮影されたのは、まさしくこの部屋だった」

佐智枝は一枚の写真を音無に手渡した。ゴーグルと白マスク姿の人物が、後ろ手に縛られ、ベッドにうつ伏せになっている佐野谷麻弥の身体にいままさに触れなんとしている瞬間の映像をプリントした写真だ。佐智枝に眼で促され、音無はリビングを出た。洗面所の隣りの洋室へ入る。ベッドや内装など、写真の背景と完全に一致しているのがひとめで見てとれた。

「撮影に使ったとおぼしきホームビデオカメラ、ゴーグルや白マスクなどの変装道具、声を変えるためのヘリウムガスの容器、そして切り裂かれた佐野谷麻弥のスリップなどもすべて、この部屋で発見されている」

音無と佐智枝は洋室を出た。リビングから玄関ドアへと続く廊下に白いテープが、人間の輪郭をなぞるように貼られている。通報を受けた警官たちが到着したとき、丘岬富実子が倒れていた場所だ。

「結果的にその佐野谷の直感が当たっていたとはいえ、その場ですぐに相手の部屋へ押しかけ、殺してしまう……というのは、なんと言ったものやら、言葉が見当たりません。目の前で奥さんを屋上から落とされたショックと怒りで、一時的に正気を失っていたんでしょうけれど」

通報したタクシー運転手の証言によると、墜死した妻を前にしてへたり込み、錯乱状態に陥っていた佐野谷は、ふいに屋上を睨み上げるや「……お、おまえ、待てッ、丘岬、おまえ、丘岬だろッ、判ってるぞ、おまえの仕業《しわざ》だってことは判ってるんだ、絶対に逃がさないからな、待てええェッ」と叫び、立ち上がったという。そして妻の遺体の傍らに落ちていたロープを拾うや、それを持ってマンションの玄関へと一目散に駆けていった。

住人専用駐車場に留《とど》まり、携帯で警察に通報していたタクシー運転手はその後の一連の出来事を目撃していないが、佐野谷本人によれば、昔、不倫相手の女性が住んでいた関係で偶然知っていたという暗証番号でマンションのオートロックを解錠し、館内の非常階段を駆け上がった。三階へ達したとき、ちょうど三〇一号室へ入ろうとしている丘岬富実子に出喰わした。「丘岬ッ」と怒声を浴びせられ、慌ててドアを閉めようとする彼女を寸前で止め、佐野谷も室内へ押し入った。そして争いの末、妻の鮮血の染み込んだロープで富実子を絞殺してしまったのだという。

「オートロックを解錠する際、各世帯のネームプレートの三〇一号室の名前が『丘岬』になっているのを見て、佐野谷はますます確信と殺意を深め、理性を失ったまま、暴走してしまったのでしょう」

富実子を絞殺した後、佐野谷は三〇一号室に留まったまま自分の携帯で通報している。タクシー運転手の通報ですでに麻弥の墜死現場へ駈けつけてきていた警官たちによって、その場で現行犯逮捕された。動機について訊かれた佐野谷は「殺された妻の仇討《あだう》ちだ。愚かな真似をしてしまったが、いっさい後悔はしていない」と供述するなど、その後の取り調べには協力的に応じているという。

「状況からして丘岬富実子殺しが、佐野谷の犯行であることに疑いの余地はありません。本人も自首していますし」

たまたま音無が非番の日に起こった事件だった。一夜のうちに同じ敷地内で他殺事案が二件も発生するという、場合によっては緊急の呼び出しもあり得るケースだったが、現行犯逮捕された佐野谷が全面的に犯行を認めており、動機も妻を拉致殺害された怒りによる衝動的犯行だと明らかになっている。麻弥の携帯電話に残留していた指紋など、丘岬富実子による誘拐劇の一部始終諸々を裏付ける物的証拠、状況証拠も揃っている。タクシー運転手の証言にも矛盾はない。いわゆるオープン・アンド・シャット・ケースで、本来ならばこれ以上、音無に出番はないはず、なのだが。

「しかし、警部、わざわざご自分で現場を見にこられたのは、なにかよほど、引っかかった点でも？」

音無の洞察力には全幅の信頼を置いている佐智枝だが、その彼女にしてもまさか、自分の上司の興味を惹いたのが、リビングのテーブルに、ウイスキィの瓶と取り合わせて置かれている可愛らしいぬいぐるみたちだとは夢にも思わない。

今朝、署で丘岬富実子殺害現場の写真を何枚か鑑識課から借りて眺めていた音無が、なにを思ったのか、急に立ち上がり、「すみませんが、どなたか、この〈ラ・プラージュ〉というマンションへ案内していただけませんか」と言い出したのだ。「できれば事件の詳細も、併せてご教示願いたいのですが」

たまたまそのとき音無の近くには江角も桂島もいなかったため、佐智枝がこうして案内役をすることになった。この忙しいときに、気まぐれな上司にしぶしぶ付き合わなけりゃいけない身にもなってちょうだい、とでも言いたげな苦々しい表情を終始崩さない彼女だったが、心のなかはひそかに薔薇色に染まっていた。ふたりきり……音無警部とふたりっきり。

よろめいたふりをして彼に抱きついちゃったりしてみようかなあ、そしたら堅物の警部もさすがに意識して、とっくに全面解決している事件の再検証なんてかったりい真似はもうやめて、わたしのことを、あ、だめ、いけませんわ、警部、そんな、そんな、おやめになってと抵抗しつつ、うふ、キスだけならちょっと、などと、ひと昔前の昼メロよりも安っぽい妄想と戯《たわむ》れている己れに気づき、佐智枝はさすがにげんなりした。仮にも事件現場でしょ、不謹慎《ふきんしん》な。しかし、そう自重すればするほど、想いびとと密室でふたりきりという状況を意識してしまう。

「まあ、些細《ささい》なことかもしれませんが。そもそも発端となった拉致誘拐事件。実際には営利誘拐を装《よそお》った、佐野谷夫人殺害事件だったわけですが。同じ殺害するにしても、丘岬富実子はなぜわざわざ、そんな回りくどい方法を選んだりしたのでしょう」

「手間をかけて佐野谷を誘《おび》き寄せ、その目の前で奥さんを屋上から突き落とし、殺す。適切な表現かどうか判りませんが、そんな、まるで見せしめみたいなやり方をする以上、富実子はよほど佐野谷夫妻に対して深い恨みを抱いていたのかと、普通ならば当然、そう考えるところです。特に佐野谷に対して。ところが……」

これがすんだら、いっそ、わたしのほうから警部を誘っちゃおうかなあ、などと真剣に考えていることをおくびにも出さず、しかつめらしく眉根を寄せたまま、佐智枝は淡々と説明を続けた。

「両者のあいだにそこまで深い確執やトラブルがあったとは、どうも考えられない。なにしろ佐野谷は、生前の丘岬富実子に会ったことが一度しかない、と言っている。もしもそれがほんとうならば、彼に対して怨恨が発生する余地などありそうにない。実際、ホームヘルパーステーションの関係者の証言によれば、富実子が佐野谷家で相手をするのは夫人とその義母だけで、まだ世帯主とは顔を合わせていないと、いつか世間話の際、口にしていたことがあるそうです
し」

「感情的な諍《いさか》いが発生するとすれば、夫人に対して、でしょうか。ホームヘルパーとして週に二、三回のペースで佐野谷家に出入りしているうちに、なにか、夫人とのあいだで深刻なトラブルがあった、とか」

「義母の佐野谷琴子の証言によれば、むしろ麻弥と富実子は至ってうまが合っているように見えたとか。まあ、彼女の場合、記憶力に若干難があるため、証言の信頼性には疑問符が付きますし、琴子の全然与《あずか》り知らぬところで、殺意が生じるほどの重大な衝突かなにかが、ふたりのあいだで起こったのかもしれません。が、仮にそうだとしても、富実子が抱くのは麻弥に対する殺意留まりでしょう。彼女を殺すところをわざわざ夫に見せつけなければならない必然性が、そこで同時に生じたりするものなのか」

「マンションの屋上から突き落とすという殺し方にしても、死ぬ前に夫人の恐怖心を煽《あお》れるだけ煽っておいてやろうという狙いだったとしたら、やはりそこに根深い怨恨が感じられるとこ

ろですが、それにしては、わりとあっさり実行した、という印象ですよね」

「佐野谷が駈けつけたら、いきなり、ですから。タクシー運転手も、佐野谷が住人専用駐車場へ向かった後、約一分、経つか経たないうちに、すぐに男か女かも判らないくらい、すさまじい悲鳴と地響きが辺りに轟きわたった、と言っている」

「いったいどうして、そんなやり方にこだわったのか。丘岬富実子とは、どういう人物だったのでしょう」

「死亡当時の年齢は二十九。短大を卒業した後、ゴルフのキャディなどいくつか職を転々とした後、資格を取得し、ホームヘルパーステーションに登録していた」

「独身だったのですか」

「ええ、結婚歴もないようです」

「そういえば、この部屋って4LDK、ファミリータイプですよね。独り暮らしには少し広すぎるような気も」

「以前は両親と弟と四人暮らしだったそうですが、父親がどうやら愛人とかけおちしたらしく、現在行方不明状態。それと前後して、弟が職場で同僚との喧嘩の挙げ句、傷害致死事件を起こしてしまい、現在服役中。それらの心労ですっかり体調を崩した母親は、何度も自殺未遂をして、現在は施設で療養中だそうです」

「一家離散状態、ですか」

「このマンションのローンが残っているらしく、なんとか売却しようとしたが、父親名義の変更手続が諸般の事情でなかなかスムーズに進まなかったらしい。他にもあれやこれや難題山積で、自分ひとりの力では到底やっていけない、もう限界だと富実子は知人によくこぼしていたそうなので、少なくとも金銭面では営利誘拐に手を染める動機は充分にあったとも言えそうですが、ただ、わざわざ拉致を装ってまで介護相手の義理の娘を殺害しなければならないほどの事情となると、はたしてどんなものやら」

「彼女のヘルパーとしての仕事ぶりはどうだったのでしょう」

「至って真面目で、利用者の評判もすこぶるよかったとか。ただ、事件の起こる一週間ほど前から、体調不良を理由に仕事を休んでいたそうですが」

「一週間ほど……前」ふと音無は眉根を寄せた。「則竹さん、それ、正確には何日から、って判りますか」

「ええと、あ、はい」と手帳を捲る。「十一月十五日から、ですね」

「十五日。そして、十六……十七……事件があったのは、二十一日、ではなくて、二十二日の未明、か」

ひい、ふう、み、というかたちに口を動かしながら音無は何度も何度も指折り数えた。しきりに首を傾《かし》げている。上司がいったいなににそれほど引っかかっているのか皆目見当がつかず、佐智枝も無意識に、まるで音無の身体と連動しているかのように首を傾げてしまった。

「わざわざ仕事を休んだのは偽装誘拐劇の準備のためだとも考えられますが。なにか気になられたことでも？」

「いえ……」なにかごまかすかのように音無は、そっと手を振ってみせた。「丘岬富実子が居宅サービスで佐野谷家に出入りを始める以前に、なんらかのかたちで夫人と接触があった痕跡は？」

「どうやら皆無のようですね。出身地や出身校など、両者のあいだに接点らしき接点は、なにひとつ、見当たらない」

「殺された佐野谷麻弥は、どういう人物だったのでしょう」

「死亡当時の年齢は三十一で、夫の元博とは歳《とし》が二十二も離れている」

「親子ほども違いますね。どういう縁で結婚に至ったのでしょう」

「もともとは麻弥の兄が、元博が取締役のIT関連会社に勤めていたそうですが、彼女の両親が経営している実家のメッキ工場を継ぐことになり、退職した。それと入れ替わりに自分の妹を元博に紹介したんだそうです。社長の口利きということで、アルバイトではなく正社員として入社させたはずが、元博がすっかり彼女を気に入って親密になったため、すぐに寿退社することになった。ゆくゆくは娘を取引先の重役の息子と見合い結婚させるつもりだったという彼女の両親は一時期、ひと攫《さら》いに遭ったようなものだと、かなり憤慨していたそうです。その後、元博の会社の業績が右肩上がりに伸びていったため、まあ玉の輿《こし》に乗ったと思えばいいかと、あっさり矛《ほこ》をおさめたんだとか」

「元博は初婚だったのでしょうか」

「いえ。一度、離婚歴がありまして、現在大学生の息子と、社会人になっている娘は、前妻のほうに引き取られたそうです」

「離婚の原因は？」

「いろいろあったようですね。さきほども少し触れた、このマンションに昔、住んでいた女性との浮気とか。しかしなにより決定的だったのは佐野谷の母親、つまり姑《しゅうとめ》との折り合いが悪かったから、と聞いています」

「では、後妻の麻弥と姑との関係は、どうだったのでしょう」

「お世辞にも良好とは言い難い状況だったようですね。居宅サービスを受けていたことからもお判りでしょうが、佐野谷琴子は要介護1と認定されていて、なかなか世話がたいへんだったようです。特に、まだら惚けの症状が出始めていたせいで、姑の理不尽な言動に振り回されっぱなしの麻弥はしばしばヒステリーを起こし、それが原因で最近は夫婦喧嘩が絶えなかったとか。佐野谷は激昂《げっこう》すると途轍《とてつ》もない大声を出すそうで、なにごとかと驚いた近所の住民が警察に通報したことも何度かあったそうです」

「なるほど」

「僭越《せんえつ》ながら」満足げに頷く音無のその表情にときめくあまり、つい佐智枝は悪戯心を起こした。「警部がいまなにをお考えになっているかを、ずばり、当てさせていただいてもよろしいでしょうか」

「ん。どうぞどうぞ」

「そもそもの発端となった拉致誘拐劇は、実は被害者である佐野谷麻弥の狂言だったのではないか……でしょ?」

「その通りです。仮に丘岬富実子がほんとうに単独犯だったのだとしたら、佐野谷夫人を誘拐し、この部屋へ連れてくる段取りなども含めて、あまりにも手際がよすぎる、そんな印象がある。やはり誰か、共犯者がいたのではないか」

「いたとすれば、それは被害者である麻弥本人だったのではないか、と」

「考えれば考えるほど、その可能性が高い。例えばDVDの映像では、スリップ一枚の姿で、しかもそれを刃物で切り裂かれたはずの彼女が、墜死したときにはちゃんとセーターとデニムパンツ姿だった、とか。もちろん、スリップを切り裂かれて全裸になった佐野谷夫人に再度服を着させることも不可能ではないが、わざわざそんなややこしい手間をかける必要があるのか。複数犯ならばともかく、単独犯ならばなおさら不自然です。屋上へ連れてゆくのに裸ではまずいというのなら、コートかなにかを羽織らせるとか、もっと簡単な方法がいくらでもある」

「たしかに。犯行に加担した第三者がいるのなら話は別ですが、そうでないのなら、被害者本人が犯人に積極的に協力していた、という解釈がいちばんありかも」

「本気で金貨や腕時計などのコレクションを奪うつもりだったかどうかは微妙ですが、少なくとも夫を困らせてやろうという理由で狂言誘拐を計画した、という可能性は大いにあると思います。動機は、姑の世話で身心ともに疲弊している自分の苦労を夫は理解しようとしてくれない、とか、いろいろあったのではないでしょうか」

「そこで丘岬富実子に協力を求めた。彼女は途中まで麻弥の計画通りに動いていたが、最後の最後で裏切り、狂言誘拐劇に乗っかるかたちで麻弥を殺害した……」

「のだとしたら……まてよ」音無はうろうろ歩き回りながら自分のこめかみを指先で、とんとん、と叩く。「ここの屋上で発見されたという、佐野谷麻弥の携帯電話ですが、たしか丘岬富実子の指紋が残留していたんですよね？」

「はい。そのことからも、佐野谷を脅迫し、あれこれ指示を出していたのは彼女であると裏付けられたわけで」

「どうしてだろう」

「といいますと、どうして手袋を使うとか、指紋を拭っておくとか、しなかったのか、ということですか？　うっかりしていたんじゃないでしょうか」

「かもしれませんが……ひょっとして丘岬富実子は、自分の犯行だとばれても、かまわなかったのかな」

「え。どういうことです」

「つまり、たまたま佐野谷がここのオートロックの暗証番号を知っていたという想定外の要因で、犯行後、即座に彼に殺害されるという結果になってしまったわけですが、仮にそうならなかったとしても、丘岬富実子はいずれ、奥さんを殺害したのは他ならぬ自分であると、なんらかのかたちで知らしめるつもりだったのでは……」

「いや、それはないでしょう。だって、もしも自分の犯行だと知られてもかまわないのであれば、わざわざヘリウムガスで声を変えて電話をかける必要もないわけで」

「脅迫電話は声を変える必要があった。なぜなら、そんなふうにきっちりかたちから入っておかないと、もしかしたら佐野谷は脅迫を本気にせず、単なる悪ふざけと看做《みな》すかもしれない。いくらそれらしく指示を出そうと、必死であちこち駈けずり回ってくれないかもしれない、そういう配慮をしたんだと思います」

「しかし麻弥を殺害した後は、どうせ自分の犯行であると知らしめるつもりだったから、携帯電話に指紋が残留することなぞ頓着《とんちゃく》しなかった？」

「もしかしたら、そういう可能性もあるのかな、と」

「仮にそうだとしたら、丘岬富実子は警察に逮捕されてもかまわなかった、いや、もしかしたら最終的には自首するつもりだった、なんて理屈にもなりかねませんが」

「そうですね。まさしく、そういう理屈になります」

「そこまでして、しかも佐野谷を嘲弄《ちょうろう》するかのような手間をかけてまで、麻弥を殺害しなければならなかった……のだとしたら、その動機はちょっと見当がつきません」

「本人に問い質すことも、もうできないわけですが……この子たちが喋れたら、いいんですけどねえ」

一瞬、きょとんとなった佐智枝は、音無の言う「この子たち」がテーブルの上にウイスキィの瓶といっしょに並んでいるレッサーパンダとライオンのぬいぐるみのことだと察して、眼をぱちくり、しばたたいた。

「で、でも、仮にぬいぐるみが喋れたとしても、殺伐としたおとなの事情なんか、知らないいんじゃないかしら」

「判りませんよ。好きだと、いいおとなが、ぬいぐるみに向かって自分の悩みを切々と語りかけてたりするのも、けっこうありがちですからね」

生前の丘岬富実子が卓上のぬいぐるみたちに、自分がどうして佐野谷麻弥を殺害しなければならないのか、その動機を切々と語りかけているところを想像して、佐智枝は妙な気分になった。ひょっとしたら音無はほんとうに、この子たちの声を聴くことができるんじゃないか……ふと、わけもなくそんな気がした。そして、このぶんだと被疑者死亡のまま永遠に謎となりそうな丘岬富実子の麻弥殺害の動機を見事に解明してしまうんじゃないかしら、と。あ、そうだ。もしも。

佐智枝は自分の閃きに有頂天になった。もしも警部が、まるでこれらのぬいぐるみたちの声なき声を聴いたとしか思えないようなかたちで、魔法の如く鮮やかに事件の残りの不明点を解き明かすことができたら、そのときは……よし、そのときは、わたし、思い切って警部を今度のクリスマスディナーに誘う。絶対に、絶対に誘うッ。

って、おいおい、いったいどういう脈絡やねん、と自分でツッコミを入れつつ、いいじゃん、別に、お遊びよ、単なるお遊び。もしも警部が現時点での不明点をなにも解明できなかったら、そのときはギャンブラーとして潔く諦めます。なんちって。この程度でギャンブラーってえのも我ながら大袈裟だけど、ま、賭けは賭け、ってことで。

部下が脳内で勝手に自分をネタにして独り盛り上がっていることなど露《つゆ》知らず、音無は白い手袋を嵌めた手で、レッサーパンダのぬいぐるみを一体、眼の高さに掲げた。

「……丘岬富実子は、ぬいぐるみが好きだったのでしょうか」

「そういえば、彼女の昔の知人によると、可愛い系グッズが大好きだったと言ってましたね。そのひとの個人的な意見では、丘岬富実子は女子校時代、セーラー服を着ると必ず女装した男だとまちがわれたらしいんですが、その反動で乙女チックな性格になったんじゃないか、って。乙女チックな性格とは具体的にどんなものなのか、いまいちよく判りませんが。本人の寝室にもクマとか、ぬいぐるみはけっこう置いてありますね」

「それは見てみたい。さっきの洋室には見当たらなかったようですが」

「あそこは、富実子ではなく、母親の部屋だったそうです」

佐智枝に案内され、音無は玄関のすぐ横の洋室に入った。ベッドの上にクマやキリン、カメなどのぬいぐるみが、ところ狭しと並べられている。そのひとつひとつを、音無は慈愛の籠《こ》もった手つきで検めた。佐智枝の眼にそれは、優秀な一《いち》捜査官の慎重かつ丁寧な仕事ぶり、としか映らなかったが。

「……リビングの卓上と同じタイプのレッサーパンダが、こちらにもふたり、いますね。日本製、か。でもこのブランド、聞いたことないな」

ぬいぐるみのレッサーパンダを二匹ではなく「ふたり」と呼んだり、製造元にこだわったりする上司の呟きに、小首を傾げた佐智枝だったが、それ以上、深く考えたりはしなかった。

「ライオンは……いない。あのリビングにいる、ひとりだけ、か」

ぶつぶつ独り言《ひとご》ちてリビングへ戻る音無に付いてゆきながら、佐智枝はちょっと、どきどきした。上司の真剣な横顔に、うっとりと見惚れる。もしかしたらほんとうに音無が富実子の動機を解明してしまうかもしれない、という予感に震えて。

「則竹さん、丘岬富実子がぬいぐるみ好きだったのは、どうやらたしかなようですが、では、お酒はどうでしょう。よっぽど好きだったのでしょうか？　こんなふうに、同じ銘柄のウイスキィを、ずらりと七本も並べておくほど」

「いいえ、それどころか、大の苦手だったそうですよ」

「ほう？」

「ウイスキィの、ほんの一ミリにも満たない薄い水割りをひと口、舐めただけで、もうダウンして、その後は丸一日、まったく使いものにならなくなる。なにしろ身体がごつくて大きいから、うっかり前後不覚になってしまうと周囲への迷惑のかけ方が半端じゃない。そのことが自分でもよく判っていたから、飲み会では絶対にソフトドリンクで通したし、プライベートでもいっさい嗜《たしな》まなかったはずだ、と同僚は話しています」

「興味深い事実ですね、それは」

「富実子と顔馴染みだったという、近所のコンビニの店員にも話を聞きました。彼女はほぼ毎日といっていいほどソフトドリンクや新作スイーツをよく買っていたそうです。が、ビールなどのアルコール飲料は一度も買ったことがなかった。それが、えーと」音無が興味を抱くかもしれないと先んじた佐智枝は手帳を捲り、確認する。「それが十一月十五日のこと、夜、店へやってきた富実子が、なんとウイスキィを、しかも七本もいっぺんに買い込んだので、びっくりしたんだそうです。もしや贈答用かと思い、箱と熨斗《のし》を用意しようとしたら、自宅用だからそのままでいい、と彼女は言ったとか」

「六本の瓶は、ほんの少しですが、中味が減っていますね。てことは、苦手を克服しようとして一本ずつ味見してみた、とか。いや、違うか。だったら同じ銘柄にはせず、いろいろ種類を試そうとしそうなものだし。ん。おや。このいちばん端っこの瓶だけ、中味が全然減っていないと思っていたが、しかしこれも、キャップが開いている」

「え？」と左端の瓶を覗き込んだ拍子に、音無の頬と頬が触れそうになった佐智枝は慌てて背筋を伸ばした。「あ、ほんとだ。量からして、まだ口にしていないけれど、とりあえずキャップは開けておいた、ってことですかね」

「まだたくさん中味が残っている瓶が六本もあるのに、どうして。いや、どうしてというのなら、そもそもどういう理由でこんなことをしたんでしょう。ウイスキィの品評会でもあるまいし」

「品評会。あ、そうか。そもそも富実子は、これらを飲む目的で買ったのではないかもしれません」

「しかし、減っていますよ。よく注意して見ないと判らないくらいの量ではあるが」

「なんらかの事情で、とにかくウイスキィが必要だった……」自信なげに佐智枝の声が萎《しぼ》んだ。

「のかなあ。よく判りませんが」

「飲まないのだとしたら、なんだろう、料理に使うとか？　そういえば富実子はコンビニでよく新作スイーツを買っていたというお話でしたが、甘いものが好きだったのかな」

「あ、はい。そういえば、乙女チックな性格発言の知人によれば、彼女、ケーキなども自分でよくつくっていたそうです」

「ではもしかして、これらのウイスキィもお菓子づくりのため？　うーん。仮にそうだとしても、まだ中味がたくさん残っている瓶がこんなにあるのに、なぜわざわざ全部、開けたりしたのか。お酒の種類がそれぞれ違うのなら、いろいろ試すために、とりあえず全部開けてみた、という解釈もできますが、どれも同じ銘柄ときては、ねえ」

「その都度、いちいち開けるのがめんどくさかったから……なわけはないか」

「さほどの手間ではないでしょう、キャップをひと捻りすればおしまいだし。そもそも仮にケーキづくりのためだったとしても、これほど大量のウイスキィが、はたして必要なものなのか」

「それにこの、ぬいぐるみ。これ、いったいなんのつもりなんでしょう。なにかの、おまじない、とか？」

「こうして七本、同じ銘柄のウイスキィを揃えている。なのに、レッサーパンダは六人のみ。寝室には、同じ子たちがあとふたり、いるのだから、七本全部、レッサーパンダで揃えることもできたのに、なぜそうしなかったのでしょう」

「そうですねえ。ひとつだけ他と違うのは、うーん、例えば、なにかの目印とか」

「目印……」じっくり瓶とぬいぐるみを見比べていた音無は、あっと声を上げた。「則竹さん、このテーブル、事件があった当日の状態のまま、ですよね？」

「そうです」

「これらの瓶、中味を調べてみましたか？　例えば、実はウイスキィではなく、お茶が入っている、とか」

「それはないです。なんのためにこんなふうにディスプレイみたいにきれいに並べてあるんだろうと、わたしもちょっと気になったので、試しに一本、キャップを開けて、匂いを嗅いでみました。ごく普通のウイスキィでしたよ、まちがいなく」

「一本？　というと、無作為に選んだわけですよね。どれです？」

「えと。真ん中の、だったと思います」

右から数えても左から数えても四番目の瓶を音無は手に取り、キャップを開けた。匂いを嗅ぐ。

しばし考え込んだ後、改めて右端から一本ずつキャップを外しては匂いを嗅いでゆく。そして一本だけ相方がライオンである七本目の瓶を開け、匂いを嗅いだ音無は顔をしかめた。

「どうしました？」

「これ……」と音無は瓶を佐智枝へ差し出した。「なにか違和感がありませんか」

佐智枝は嗅いでみた。たしかに他の瓶とは微妙に違う。なにか異質の、甘ったるいのか苦いのかよく判らない、独特の香りが混ざっているような気がする。

「……なんでしょうか？」

「佐野谷麻弥ですが、たしかお兄さんが、実家のメッキ工場を継いでいると、おっしゃってましたよね」

その音無のひとことで佐智枝は、はっと顔を上げた。

「もしかして麻弥は最近、実家へ帰ったりしていないでしょうか。もしも帰っているとしたら、それはおそらく十一月に入ってから。もしかしたら十五日か、その前後に」

「調べてみます、早急に」

「それから、この瓶……」音無はライオンとペアのボトルを指さした。「鑑識に回して、中味を調べてもらってください。念のため、あとの六本もいっしょに」

＊

「……警部の見立て通り、例の七本目のウイスキィのなかから、シアン化カリウムが検出されました」

そう報告する佐智枝は胸中、甘ったるい妄想に浸る余裕もいまはない。殺人現場にあったウイスキィの瓶から致死量を超える毒物が検出された。予想だにしなかったその事実にただ困惑する。

もしかしてこれは富実子が麻弥を殺害した動機となにか関係があるのか、それともないのか？　あれこれ考えてみるが、なにも思いつかない。音無の推理の展開次第では彼をクリスマスディナーに誘うと勝手に決めた賭けのことも、すっかり失念している。

「あとの六本は？」

音無は音無で、佐智枝からの報告を受けながら急ピッチで頭脳を酷使しているらしく、しきりに虚空に視線を彷徨《さまよ》わせている。

「普通のウイスキィだったそうです。それから佐野谷麻弥ですが。彼女の兄に訊いてみたところ、たしかに十一月の十四日か十五日に、麻弥が実家を訪ねてきたそうです。ちょっと近くまで来たからついでにと言って、特に用事はなさそうな様子だった、とのことですが」

「おそらくその際——」どうやら自分なりに考えがまとまったらしく、音無はそれまであちこち定まらなかった視線を、ひたと佐智枝に据えた。「麻弥はシアン化カリウムをこっそり盗み出していったのでしょう」

「こちらからの指摘を受け、使用記録とつきあわせてみたところ、工場の棚に保管してあるシアン化カリウムが減っていた。いつも棚には鍵を掛けていて、異変にはまったく気づいていなかったそうです」

「まさか自分の妹が、無断で毒物を持ち出すなんて行為に及ぶとは夢にも思っていなかった、ということもあるのでしょう。で、富実子の部屋にあったウイスキィに混入されていたものと成分は？」

「一致したそうです」

「では、あのシアン化カリウムは、麻弥が富実子に提供したものと考えて、ほぼまちがいありませんね」

「どうやらそのようですが……しかし、麻弥はいったいなんのためにそんな真似を?」

「富実子に自殺をさせてやるため、だったのでしょう」

「自殺……」

「佐野谷家に出入りするうちに、富実子は麻弥と親しくなった。麻弥もまた富実子に心を開いたのでしょう。そして互いの深刻な悩みを打ち明け合うまでになった」

「深刻な悩み……って、その、例えば、死にたいと思うほどの、ですか」

「そうです。麻弥も富実子も、ふたりとも、死にたいと思っていた。それぞれ精神的に行き詰まっていたからです。麻弥は義母の介護疲れや夫の無理解に苦しんでいた。富実子は一家離散で家族を失い、経済的な不安をかかえ、孤独で希望のない人生に倦《う》んでいた。詳しくは想像で補うしかありませんが、ともかくふたりは、互いに死の意志を確認し合ったのです」

「しかし、それならどうして富実子は、提供された毒物を呑まずに……」

「もはや全体像の大部分は想像を逞《たくま》しくするしかありませんが、わたしはこんなふうに思うのです。あるとき、富実子は麻弥のことを羨《うらや》ましがったのではないか」

「羨ましがった? なんでそんな……あ」

「そうです。実家がメッキ工場なので、その気になれば容易に毒物を入手できる。ひと思いに楽に死ねていいな、と」

「それを聞いて麻弥は、彼女のために青酸カリをこっそり入手してきてやった、というんですか。だったらどうして富実子は、それを使わなかったんでしょう。そもそも自分も死にたいと思っていたのなら、麻弥だってすぐに服毒できる立場にあったのに。そうしようとした気配はない」

「それはやはり迷いがあったのでしょう。たしかに毒物を使えば死んでしまうのは簡単です。しかし、どれほど強く死にたいと思っていても、少しは生への執着が残っている。かといって、なんとか気力を奮い起こし、人生を前向きに頑張れるようになれるかどうかも微妙だ。そこでふたりは相談し、ある結論に至ったのではないでしょうか。すなわち、自分たちがこれからどうするかを決めるためにひとつ、賭けをしてみよう、と」

「賭け……」

その言葉の響きに佐智枝は思わずどきりとした。真正面に据えられた音無の涼しげな双眸《そうぼう》に、いまさらながら胸が高鳴る。

「憶えておられますか。身代金がわりの品物を運ばされる際、佐野谷は携帯電話をずっと通話中にしておけと指示された、と言っている。一度でも切れたら即座に取り引きは中止し、妻の命も保証しない、と。携帯のヴォイスレコーダの記録によってもそれは裏付けられている。一見、警察への通報など、佐野谷が小細工を弄するのを防ぐための措置のようにも思えますが、しかしよくよく考えてみると、営利誘拐を成功させようと図る人物が、こんな指示を出すわけはありません」

「そうですよね、強引すぎます」

「強引という以前に、むちゃくちゃです。帰宅時の段階で佐野谷の携帯電話のバッテリーが、どれほど残っているかを知る術は誰にもないのです。もしかしたら脅迫電話を入れた途端、切れるかもしれない」

「たしかにそうです。交渉中に切れてしまうかもしれない」

「なぜこんな乱暴な段取りを組んだのかというと、それはひとえに、麻弥と富実子、ふたりの計画のすべてが最初から賭けだったからに他なりません」

「つまり……つまり、もしも佐野谷との通話中に電池が切れたら、そのときは」

「その場で狂言誘拐の計画は中止していたでしょう。ふたりの賭けは、いちばん最初のステップで早くも結果が出た、ということになるからです」

「計画を中止して、どうするつもりだったんでしょう」

「そもそも自死というベクトルへ向け、すべては立案されたわけですから。その場合、麻弥と富実子はいっしょに青酸カリを呷《あお》り、死ぬつもりだった、そう思われる」

「しかし佐野谷の携帯の電池は切れず、計画はそのまま進行した」

「さきほど、計画の最初のステップと言いましたが、厳密には佐野谷の携帯の電池の件は第二ステップだった。というのも実は、ふたりの賭けは狂言誘拐よりも以前に、すでに始まっていたからです」

「え。と、いいますと」

「それが富実子の部屋にあった、七本のウイスキィですよ。あれは実は、一種のロシアンルーレットだった」

「ロシアンルーレット。というと、つまり、弾丸を一発だけ回転拳銃のシリンダーに装塡《そうてん》して命知らずな度胸試しをするように、一本の瓶にだけ毒を入れて……」

「麻弥が実家の工場からシアン化カリウムを盗んだのが、仮に十五日だったとします。そして、富実子が仕事を休み始めたのが、やはり十五日。この符合には、実は重要な意味がある」

「それは……」富実子の部屋で音無がそうしていたように、佐智枝は、ひい、ふう、み、というかたちに口を動かしながら、何度も指折り数えた。「それは、富実子が仕事を休んだ日数と、ウイスキィの本数が同じ」

「ご明察。富実子は、本来は飲めもしないウイスキィを七本も買ってきて先ず、すべてのキャップを開けた。そして無作為に選んだ一本に、麻弥が実家から盗んできたシアン化カリウムを混入する。七本をシャッフルし、どの瓶が毒入りなのか、見ただけでは判らないようにした」

「そのうえで、一日に一本ずつ、ウイスキィを試していった、というわけですか。さながらロシアンルーレットで、自分の頭部に突きつけた拳銃のトリガーを一日に一回、引いていくかのように」

「まさにそのとおり。普通にお酒が飲める者ならば、七日間も——正確には六日間ですが——時間は必要なかった。一日どころか、ものの数分あれば、賭けの結果は出ていたでしょう。でも、ほんの少量でもアルコールを口にすると、その後、丸一日も身体が使いものにならなくなる富実子です。だから仕事を一週間、休む必要があった」

「そして一日に一本ずつ、青酸カリを使ったロシアンルーレットをしていった」

「一本試してみるたびに、自分が無事だった証拠として、ボトルを一本ずつテーブルに並べてゆく。そして、この瓶は無毒だという目印として、レッサーパンダのぬいぐるみを置くようにした」

「でも、どうして目印なんかが必要なんですか」

「もちろん、試用済みと未試用を区別する方法は他にいくらでもありますが、そこは富実子の遊び心の顕《あらわ》れだったのかもしれません。それと、麻弥が部屋へ来たとき、たとえ自分がウイスキィで前後不覚になっていても、いや、それどころか、すでに死亡していたとしても、ひとめで状況を把握できるような工夫が必要だったということもあるでしょう。ロシアンルーレットの結果、すなわち富実子の生死を確認するためには、麻弥は直接〈ラ・プラージュ〉を訪ねるしかありません。しかし——」

「そうか、なるほど。義母の世話で忙しい麻弥がいつ〈ラ・プラージュ〉を訪ねられる時間をつくれるかは、流動的だったから」

「やっと時間をつくれて、行ってみたら、もう富実子は死んでいた、そういうこともあり得る以上、やはりなにか麻弥にとって判りやすい目印が必要だった。たまたま富実子が選んだのが自分の大好きだった、ぬいぐるみだったわけです」

「では……では、もしも、三〇一号室を訪ねたとき、富実子が死んでいたら、麻弥はどうするつもりだったのでしょう?」

「レッサーパンダが寄り添っていない瓶のウイスキィを呷って、後を追うことになっていたと思います。しかし富実子のロシアンルーレットは十五日から二十日までの六日間、続いた。奇蹟的にも六本目まで、無毒の瓶を引き当てたのです。残りは一本」

「すみません、警部。でも、どうして七本だったのでしょう？　三本とか五本では、だめだったのかしら」

「七という数字に、特に意味はないと思います。富実子が仕事を休める日数の限度がぎりぎりそれくらいだったからそう決めたとか、そんなところではないでしょうか」

「それと、どうしてわざわざ苦手なウイスキィで賭けをしたんでしょう？　シアン化カリウムの粉末は潮解性《ちょうかいせい》が高く、アルコールでなくても、水にも容易に溶けるはずですが」

「これはまったくの想像ですが、例えばミネラルウォーターなどに混入したら、なにか見た目とか臭気ですぐにそれと区別がついてしまうかもしれないと素人考えで用心したのではないでしょうか。ともかく自分にとって、なるべく苦くて味が判らないもののほうがいい、と。そこで普段は絶対に口にしないウイスキィを選んだ」

「飲めないアルコールで苦しい思いを六日間も続けたが、ロシアンルーレットの弾はついに発射されなかった」

「ふたりの計画の第一ステップはそこで終了しました。もしも六本目まで無事だったら、そのときは最後の一本を置いておき、第二ステップへ進もう、麻弥と富実子はそう取り決めていた」

「その第二ステップこそが、麻弥の狂言誘拐だったんですね」

「そのとおりです。さっきも言ったように、脅迫電話をかける際、佐野谷の携帯電話が電池切れになったら、もうそこで賭けは終わる予定だった。毒の目印としてライオンのぬいぐるみを寄り添わせた瓶のウイスキィを、ふたりでいっしょに呷ることになっていたのでしょう」

「しかし結果的に、佐野谷の携帯の電池は最後まで保った……」

「そう、ロシアンルーレットの最終ステップまで辿り着いたのです」

「最終ステップ、ということは……」

佐智枝はふいに口籠もった。なぜなのか、自分でも理解できない。ただ恐怖にも似た生理的嫌悪が込み上げてきて喉が詰まる。

「ロシアンルーレットの最終ステップとは、つまり……つまりその結果次第で、ふたりの生死が決まる……ということですか？」

「まさしく。はたして佐野谷は、自分のことを愚弄した妻に対し、どのような反応を示すか、それこそが最終的な賭けでした」

「え……え、え、え？」

「脅迫電話にさんざん引きずり回され、〈ラ・プラージュ〉の住人専用駐車場へやってきた夫の前に、麻弥は屋上からロープを垂らします。そして、その端を握ったまま、柵の外側へ立った。そこで、誘拐されたとばかり思い込んでいた妻から侮蔑的なひとことを発せられた佐野谷は、はたしてどういう行動に出るか」

「侮蔑的なひとこと……って、もしかして、あれですか？　なんつってな、ははは、ばーか、っていう、犯人と佐野谷との携帯でのやりとりの」

「そうです」

「いや、ま、待ってください。まさか、脅迫電話をかけていたのは実は麻弥だった、なんておっしゃるんじゃないでしょうね。それは考えられません。麻弥の携帯電話は、同じ屋上といっても、階段の上がり口付近にあったんですよ。つまり彼女が転落した柵から、かなり離れた場所だった。放り投げられたりした痕跡もない。それなのに……」

「麻弥自身がほんとうに、ばーか、と言う必要はないんです。もちろん喋っていたのは、彼女の背後に控えていた富実子でしょう。麻弥はただ下の住人専用駐車場に向かって、自分が携帯電話をかまえているかのようなふりをしてみせるだけでいい」

「すると……すると佐野谷は、その瞬間、それまで脅迫電話をかけていたのは実は妻の麻弥だったと思い込んだ、と？」

「正確には思い込まされた。そして悟ったわけです。すべては妻による狂言だった、と。しかもどうやら自分を愚弄する目的だったらしい、とも。そう思い込んだ夫はそのとき、目の前に垂らされたロープをどうするか……それこそが麻弥と富実子のロシアンルーレットの最終ステップでした」

「ま、待ってください、すると……すると麻弥は富実子に突き落とされたわけではなく、ましてや自分で跳び下りたわけでもなく、まさか……まさか？」

ふとタクシー運転手の証言を憶い出し、佐智枝は背筋が寒くなった。佐野谷が〈ラ・プラージュ〉の住人専用駐車場へ向かって約一分、経つか経たないうちに、すぐに男か女かも判らないくらい凄まじい悲鳴と地響きが辺りに轟きわたった、と。あれは……あれは転落した麻弥が発した悲鳴だと、これまでなんとなく思い込んでいたが、ほんとうは佐野谷の絶叫だったのか？　夫婦喧嘩の際、激昂すると途轍もない大声を出し、驚いた近所の住民に通報されたこともあるという彼が撒き散らした怒声だったのか？

「そこでもし佐野谷が、怒りに任せてロープを引っ張ったりせずに終われば、ふたりは、とりあえず自殺を思い留まることにしていたのでしょう。茶番に付き合わせてしまった佐野谷に謝罪し、なんとか前向きに生きる術を模索する道を選ぶんだ、と。そう自分たちを納得させるに足る結果が出るかもしれない、と。ウイスキィのロシアンルーレットから始まった、麻弥と富実子の賭けの、それが全貌だった」

「しかし、もしも佐野谷が怒りに任せてロープを引っ張り、麻弥を転落させたりした場合は……」

「富実子も死ぬつもりだったのでしょう。ロープを引っ張られた麻弥が転落するのを目の当たりにした彼女は、脅迫電話に使っていた携帯をその場に放置し、すぐに自分の部屋へ戻ろうとした」

「そうか、なるほど、だから麻弥の携帯には富実子の指紋が残留していたんですね」

「脅迫電話をかけていた証拠が残ることなど気にするはずはありません。どうせすぐに死ぬつもりだったのだから」

「最後のライオンのウイスキィを呷るつもりだったんですね。しかしその前に、押し入ってきた佐野谷に絞殺されてしまった」

なんてことだろう……佐智枝は眩暈《めまい》にも似た虚無感を覚えた。怒りに我を忘れて富実子を絞殺した佐野谷に、これまでどちらかといえば同情的だった已れの心情に気づき、無力感すら湧いてくる。富実子だけではない、麻弥を殺害したのも佐野谷だったとは。

「マンションのオートロックの暗証番号を彼が知っていたことが、ふたりにとって唯一の計算違いでした」

「まさか……まさかとは思うんですが、佐野谷が富実子を殺害するため、わざわざあのロープを使ったのは、もしかして？」

「麻弥を転落させたのが自分であると指し示しかねないものを現場に残しておきたくなかった……からかもしれませんね」

あとがき

音無美紀、則竹佐智枝、江角、桂島の刑事四人組が、ミステリ専門誌〈ミステリーズ！〉（東京創元社）に掲載された「お弁当ぐるぐる」で初登場したのは二〇〇三年。ちょうど十年前。そのときは読者参加型の犯人当て企画のため、一話限りのつもりでつくったキャラクターでした。そのせいでしょうか、いま思うと、人物造形も含めて「お弁当ぐるぐる」は、全体的に脱力系ギャグのテイストを狙って（それがうまくいっているかどうかはさて措《お》いて）思い切り弾けようとした節が、我ながら見受けられます。

超絶的美男子のキャリアでありながら可愛いぬいぐるみのことしか頭にない音無、男勝りの敏腕女刑事でありながら美形の上司との脳内恋愛という妄想癖爆裂の佐智枝、叩き上げのベテランでありながら実はミステリおたくな江角、等々。イメージと実像のギャップ萌えの数々を、自分なりに試みようとしたのではないかと思われます。って、なんだか他人事《ひとごと》のように語っておりますが、なにしろ十年前なうえに、前述したように一話限りの設定のつもりだったので、かなり悪のりして書いたという印象ばかりが強く残っているのです。

「お弁当ぐるぐる」は一昨年に、『赤い糸の呻き』（東京創元社）という短編集に収録されました。一応ノンシリーズ短編集と銘打っているのですが、そこから同じキャラクターを使って、こうして別の連作集を編んでしまったのだから、看板に偽りありと誹《そし》られても仕方がありません。「お弁当ぐるぐる」だけでなく他の短編も、まったく別の作品と舞台設定が陸続きになっていたりして、いつ、どこで新たなシリーズ化が目論まれてもおかしくない状態に陥っていますが、詳細は『赤い糸の呻き』の「あとがき」をお読みいただけると幸いです。

さて、その「お弁当ぐるぐる」を読まれてから、本書を手に取ってくださった方々のなかには、あるいは少し戸惑われるひともいらっしゃるかと思います。というのも、それがキャラクター設定の肝であった、音無と佐智枝の脳内モノローグが、今回はいっさい描かれないからです。最終話「誘拐の裏手」で佐智枝が、ほんのちょこっと甘い妄想に耽《ふけ》るシーンがありますが、ほんとにちょっとだけで、「お弁当ぐるぐる」でのように長ったらしく延々《えんえん》と垂れ流されることはありません。

最大の原因は、当初から連作という前提で書き始めたせいでしょう。そうそういつもいつも脳内モノローグで長々とお茶を濁すわけにもいかないので。しかし、あるいはその判断が裏目に出たのでしょうか、本書のエピソードはどれも、この四人組が取り扱うには少々シリアス度が高くなってしまったきらいがあります。まあもちろん、殺人事件がメインになる以上、ある程度シリアスにならざるを得ない面もあるわけですが。

なるべく本来のキャラクター設定の持ち味を損ねぬよう、多少はシリアスになっても、ダークな後味には陥らないように自分としては心がけたつもりですが、読者諸氏に少しでも楽しんでお読みいただけることを願っております。
末筆ながら〈ミステリーズ!〉連載時からご尽力いただいた東京創元社の神原佳史氏と、『赤い糸の呻き』に続いて装幀でお世話になったイラストレーターの諏訪さやか氏に、この場を借りて深くお礼申し上げます。

二〇一三年三月　高知市にて

西澤保彦

解説

霞流一

可愛いのか不気味なのか何ともミステリアスなヒーローの登場である。もちろん、本書の主人公、音無美紀警部のこと。タック&タカチ、神麻嗣子《かんおみつぎこ》、腕貫《うでぬき》探偵などのヒットキャラクターを生んだ西澤保彦がまたも魅力的な名探偵を送り出した。

彫刻の如き端整なイケメンで高知能を有す二十代後半のキャリア、なのに、ぬいぐるみを愛してやまない。このギャップが物語をユーモアで包み、かつスリリングに展開させる。

彼を取り巻く同僚刑事たちもこれまたユニークだ。一見いぶし銀のベテランのくせにミステリの薀蓄《うんちく》を傾けるオタク気質の江角。クールビューティーの則竹佐智枝は仕事一筋で男を寄せ付けないオーラを発する一方で、実は音無警部に密かな恋情を抱き、日頃から妄想を膨らませている。もう一人、比較的マトモな存在なのが若手の桂島だが、他の三人に振り回されて気苦労が絶えない損な役回りだ。

このカルテットが絶妙のアンサンブルで捜査にリズムと刺激をもたらす。もちろん、彼らの前に立ちはだかる事件も素敵な謎ばかり。五編の収録作にはバラエティに富んだ本格ミステリの妙技が織り込まれているのだ。

順に先ず、第一話「ウサギの寝床」では開かれた金庫の前に全裸の女性の他殺死体が横たわるという不可解な謎が提示される。続く「サイクル・キッズ・リターン」は自転車に乗った生徒が続けて殺されるミッシングリンクがテーマ。「類似の伝言」にはダイイングメッセージが用意され、「レイディ・イン・ブラック」では絵に描かれた黒衣の女性が事件のキィとなる〝幻の女〟探しの趣向。掉尾《ちょうび》を飾る「誘拐の裏手」はもっともトリッキーであり、意味深なタイトルと共にサプライズ効果を堪能していただきたい。

そして、このシリーズならではの醍醐味はもちろん、ぬいぐるみ。いつ、どこで、どういうふうに登場するのか？　毎回、工夫が凝らされており、読み進むにつれ楽しみが膨らむはずだ。しかも、その役割は手掛かりとなったり、警部を奮起させたりと様々、可愛いぬいぐるみ君達のお仕事ぶり（!?）に要注目。

また当然ながら、音無警部の反応も目が離せない。ぬいぐるみに接した時、激しい愛情のあまり、アンビリーバブルな言動を披露してくれるから、読者の皆さん、電車の中などで噴き出さないよう要注意である。

その道の好事家《こうずか》にとって、ぬいぐるみは魔性の魅力があるらしく、音無警部のように常軌を逸したエピソードが世の中には散見される。そんな熱狂ぶりを端的に示す例として、一つの「珍ニュース」を思い出した。

その記事によると、ぬいぐるみ専用のツアーが催されているという。二〇一〇年にチェコの旅行会社が企画したものだ。持ち主がぬいぐるみをその会社に送ると、観光地へ連れて行って、記念写真を撮ってくれるというサービスを提供。さらに、同年、そうしたツアー専門の旅行代理店が日本でも発足し、今も好評を博している。もしかしたら、音無警部は常連なのかもしれない。

さて、本書の中で最も登場する頻度の高いぬいぐるみは、いわゆるテディベアの名で知られる、クマのぬいぐるみ。この愛好家はとても多く、世界規模のマニア団体が存在し、定期的に展覧会が催されているほどだ。そうしたファン層に支えられ幅広いカルチャー分野に顔を出すこのクマ君達が、ミステリの領域にも進出してくるのは当然といえよう。

本書以外にも、例えば、ジョン・J・ラムの『嘆きのテディベア事件』を始めとするシリーズが刊行されている。元刑事の夫とテディベア作家の妻とのおしどり探偵がテディベア絡みの事件を追うユーモアミステリだ。

また、巨匠エド・マクベインのホープ弁護士シリーズの中には『寄り目のテディベア』がある。玩具デザイナーの女性が創案したテディベアと酷似する商品を元勤務先の会社が発売しようと企てるのをホープ弁護士が阻止せんと訴える。バトルのテーマがぬいぐるみというのが妙にほのぼのとして愉快だ。

日本に目を向ければ大ヒット映画『踊る大捜査線　THE MOVIE』で、クマのぬいぐるみが強烈な印象を残している。発端となるのはテディベアを腹に詰めこまれた死体。そして、小泉今日子《こいずみきょうこ》扮するレクター博士ばりのサイコキラーはその手にナイフを握り、白いクマのぬいぐるみをぶら下げ湾岸《わんがん》署に登場する。

こうして見ていると、ぬいぐるみとミステリとの相性の良さが伝わってくるではないか。だが、本書のように本格ミステリ度の高い作品の中でぬいぐるみが大きな存在として扱われた例は稀有《けう》に思われる。

まあ枠を広げ、ぬいぐるみとは縁戚関係のようなドールも入れると、例えば、エラリー・クイーンの「クリスマスと人形」がある。ルパンの如き怪盗が犯行を予告し、衆人環視の中で高価なドールを狙う一種の密室ものだ。また、西澤保彦の愛読書と伝えられる都筑道夫の「退職刑事」シリーズでは「壜づめの密室」が挙げられよう。ボトルシップの中に首を切断された人形が発見され、ホワイダニットを核に濃密なパズラーが展開される。いずれも折紙つきの逸品であり、このようにドールならば好例のサンプルを探すことが比較的容易なのだが、ぬいぐるみに限定するとそうはいかず、ましてや、連作ともなると本シリーズが日本では唯一のものであろう。

故に、「ぬいぐるみ警部」の名はエキセントリックな価値を有す大看板に喩《たと》えられようし、それを背負う音無警部は実に貴重なキャラクターとして輝きを放つわけである。

ミステリから遠く離れた場合、ぬいぐるみを愛するキャラクターとして先ず思い浮かぶのは、

Mr.ビーンである。同様の方、大勢おられるのではないか？　ローワン・アトキンソン演じる珍妙な英国紳士のコント風ドラマはあまりにも有名であり、ロンドン五輪の開会式でも世界中を沸かせたことは記憶に新しい。彼の持ち歩くテディベアは多彩な形でグッズ化され人気商品となっている。

もう一人、日本限定だが、ピン芸人の鳥居《とりい》みゆきを思い起こす人もいるだろう。白パジャマの恰好で大きく目を剝き、クマのぬいぐるみを持つ姿はインパクト大。偏執的で不条理なひとりコントは悪夢に出てきそうだ。

いずれもぬいぐるみが笑いに直結しているのがポイント。やはり、いい大人のくせに玩具を手放さない、というギャップの効果であり、音無警部のキャラ造形とも重なる。奇態な人間の印象を際立たせるためのアイテムであり、常識人の枠組みから脱してデンジャラスゾーンの住人に変身するためのスイッチにも見えよう。極言すれば二重人格の演出装置。そういえば、SFコメディ映画『ヌイグルマーZ』で、主演の中川翔子《なかがわしようこ》とエイリアンが合体変身したスーパーヒロインのフォルムがヒューマノイド型のクマのぬいぐるみであるのは極めて象徴的に思えてくる。

そもそも、ぬいぐるみであれ、人形であれ、擬人化を目的とした玩具である。無機質な固体に架空の生命とキャラを与えて慈しむ。これは一種の呪術的行為と言える。人間の思い入れをエネルギーとする憑依《ひようい》だ。ぬいぐるみに強い情念を注ぎ、疑似生命体をこしらえ、それと対話する。いわば、キミとボクとの二重の憑依。二人称のイタコである。

ローワン・アトキンソンも鳥居みゆきも自分とは異なる人格になり切るが、それは、ぬいぐるみに生命とキャラを吹き込むイタコ行為と相似形だ。彼らはぬいぐるみを媒介として変身しているようにも解釈できる。つまり、ぬいぐるみに向けた擬人化の能力を自分にも適用して、別人格を憑依させている。そう、自分のぬいぐるみ化である。

ならば、他者のぬいぐるみ化も考えられよう。その力はいかに発揮されるのか？

ぬいぐるみを真摯《しんし》に愛せることは、そのキャラクターを生々しく実感できることを意味する。他者の言動をリアルに想定する能力である。そう、推理する力だ。この状況で、この立場なら、この人はどんなふうに立ち振る舞うだろう、と現実的にシミュレーションできる才覚。卓抜した推理能力ではないか。

とすれば、ぬいぐるみを真剣に愛する音無警部が名探偵であるのは理の当然ということになる。そう考えると、パーツを繋いで完成させるぬいぐるみは本格ミステリの暗喩のように思えてくる。論理的推理という縫合によってパズラーは完結するわけだ。

では最後に、ぬいぐるみ警部の今後に想いを馳せてみよう。本書の刊行と前後して、既にシリーズ第二弾の刊行が決定しており、ファンとしては欣喜《きんき》に堪えない。警部の人気はいや増すことであろう。ミステリ界のスターの大階段を上る雄姿が目に浮かぶようだ。

スターと呼ばせてもらったが、実はぬいぐるみと聞いて真っ先に思い出す、これまた「珍ニュース」があるのだ。二〇〇六年にイギリスで開催されたテディベア展でのことである。会場の警備にあたる番犬が陳列品のぬいぐるみの一つを食いちぎり破壊してしまった。しかも、よりによって実に貴重な品を、だ。それは、エルビス・プレスリーの遺品であった。

そう、プレスリーはクマのぬいぐるみの愛好家だったという。その証拠に、あの有名な「監獄ロック」と同じ年に「テディ・ベア」という曲を大ヒットさせている。

また、プレスリーは麻薬撲滅運動に熱心で、ニクソン大統領から麻薬取締官のバッジを付与されているのだ。

プレスリーはぬいぐるみを愛する探偵役という側面を持っていたわけである。もちろん、本書とプレスリーがまったく無関係であることは言うまでもない。

ただ断言できるのは、それは、つまり、音無警部は実にロックンロールな生き方をしているということだ。名探偵の華麗なるステージからますます目が離せない。

本書は二〇一三年、小社より刊行された作品の文庫版です。

検印
廃止

著者紹介　1960年高知県生まれ。アメリカ・エカード大学卒。第1回鮎川哲也賞最終候補を経て95年『解体諸因』でデビュー。匠千暁シリーズや，腕貫探偵シリーズで人気を博す。

ぬいぐるみ警部の帰還

2015年5月15日　初版

著者　西《にし》澤《ざわ》保《やす》彦《ひこ》

発行所　(株)東京創元社
代表者　長谷川晋一

162-0814/東京都新宿区新小川町1-5
電話　03·3268·8231-営業部
03·3268·8204-編集部
URL　http://www.tsogen.co.jp
振替　00160-9-1565
萩原印刷・本間製本

ISBN978-4-488-43812-8　C0193

第22回鮎川哲也賞受賞作

THE BLACK UMBRELLA MYSTERY◆Aosaki Yugo

体育館の殺人

青崎有吾

創元推理文庫

◆

旧体育館で、放送部部長が何者かに刺殺された。
激しい雨が降る中、現場は密室状態だった!?
死亡推定時刻に体育館にいた唯一の人物、
女子卓球部部長の犯行だと、警察は決めてかかるが……。
死体発見時にいあわせた卓球部員・柚乃は、
嫌疑をかけられた部長のために、
学内随一の天才・裏染天馬に真相の解明を頼んだ。
校内に住んでいるという噂の、
あのアニメオタクの駄目人間に。

「クイーンを彷彿とさせる論理展開＋学園ミステリ」

の魅力で贈る、長編本格ミステリ。

裏染天馬シリーズ、開幕!!

新鋭五人が放つ学園ミステリの競演

HIGHSCHOOL DETECTIVE ◆ Aizawa Sako, Ichii Yutaka, Ubayashi Shinya, Shizaki You, Nitadori Kei

放課後探偵団

書き下ろし学園ミステリ・アンソロジー

相沢沙呼　市井 豊　鵜林伸也
梓崎 優　似鳥 鶏

創元推理文庫

◆

『理由《わけ》あって冬に出る』の似鳥鶏、『午前零時のサンドリヨン』で第19回鮎川哲也賞を受賞した相沢沙呼、『叫びと祈り』が絶賛された第５回ミステリーズ！新人賞受賞の梓崎優、同賞佳作入選の〈聴き屋〉シリーズの市井豊、そして本格的デビューを前に本書で初めて作品を発表する鵜林伸也。ミステリ界の新たな潮流を予感させる新世代の気鋭五人が描く、学園探偵たちの活躍譚。

収録作品＝似鳥鶏「お届け先には不思議を添えて」，
鵜林伸也「ボールがない」，
相沢沙呼「恋のおまじないのチンク・ア・チンク」，
市井豊「横槍ワイン」，
梓崎優「スプリング・ハズ・カム」